SİZİN MEMLEKETTE EŞEK YOK MU?

Aziz Nesin

SİZİN MEMLEKETTE EŞEK YOK MU?

© **Türkiye Yayın Hakları:**
AD Yayıncılık A.Ş.
85. Baskı:
Bu kitap, 3000 üzerinden 85. baskıya ulaşmıştır.
Toplam baskı adedi 256.000'dir.
Ekim 1995
ISBN 975-325-012-6

Yazan:
Aziz NESİN

Yayın Yönetmeni:
Yalvaç URAL
Sorumlu Müdür:
Necati GÜNGÖR

Görsel Tasarım ve Kapak İllüstrasyon:
Ali Sina ÖZÜSTÜN
Düzelti:
Tekin ERGUN
Dizgi:
Zuhal DÜLGER/Hayriye KAYMAZ

Basıldığı Yer:
Doğan Yayın Holding A.Ş.
Doğan Medya Center, Bağcılar 34554-İSTANBUL
Tel.: 0.212.505 61 11, Fax.: 0.212.505 61 31

AZİZ NESİN

AZİZ NESİN'İN AZİZ NESİN'DEN SEÇTİKLERİ

SİZİN MEMLEKETTE EŞEK YOK MU?

ÖNSÖZ

Milliyet Yayıncılık, yayın ve dağıtım işlerinde yeni bir atılıma girişti. Yayımladığı kitapları, çok sayıda, rotatifte ve gazete kâğıdına basmak ve telif hakkını da yine bu ölçüler içinde ödeyerek ucuz fiyatla çok kitap satmak yöntemi. Önceki örnekler bu yöntemin başarılı olduğunu gösterdi. Nitekim Demirtaş Ceyhun'un 160 sayfalık bir monografi kitabı, 30 bin lira gibi Türkiye'de görülmemiş bir ucuzlukta, yine Türkiye'de görülmemiş sayıda (200.000) satarak bir kitap satış rekoru kırdı. Duygu Asena'nın kitabı da, bildiğime göre aynı yöntemle satış rekoru kırmış kitaplardandı.

Milliyet Yayınları Yönetmeni Yalvaç Ural, aynı yöntemle yayımlanmak üzere benden bir kitabımı istedi.

Büyük sayıda satışlar yapacak hangi tür kitabımı Milliyet Yayınları'na vermemin daha uygun olacağını düşündüm.

Kitap imzalarımda, sayıları oldukça kalabalık kimi okurlarımın bana sordukları ortaklaşa sorular vardı:

- En çok hangi kitabınızı seviyorsunuz?

Bu sorunun altında gizli bir okur kurnazlığı yatar. Böyle soru yöneltenlerin pekçoğu benim hiçbir kitabımı okumamış olanlardır. En sevdiğim kitabımı, yani kendimce en iyi ve güzel kitabımı okuyup yazar olarak beni beğenecekler ya da beğenmeyecekler. Beğenmezlerse başka kitabımı okumaktan artık kurtulacaklardır.

Aynı soruyla başka yazarlar da karşılaşır. Onların yanıtları aşağı yukarı şöyle olur:

- Bütün kitaplarımı severim. Sevmeseydim, yazmazdım; değil mi efendim?

Okur da bunu -aydın ya da yarı aydın bir okursa- genellikle, incelikli olarak şöyle yanıtlar?

- Çok tabii efendim, her eseriniz sizin bir çocuğunuz sayılır. İnsan, çocuklarını birbirinden ayırt edemez ki... Çok haklısınız.

Kurnaz okurun bu kurnazca sorusuna kurnaz yazarın kurnazca verdiği yanıtın altında gizlenmiş ama dışa vurulmamış gerçek anlam şudur: "Benim bütün kitaplarım güzeldir. Hepsini alsam, senin için de, benim için de çok iyi olur."

Bu tür soruları benim yanıtlamam gerçekten çok zor. Bugüne dek (Nisan 1995) 110 kitabı yayımlanmış bir yazarım. Her yapıt bir çocuk sayılıyorsa şimdilik 110 çocuk babasıyım. Bu çocuklarımın içinde sakat doğanlar, gerizekalılar da olabilir.

"En sevdiğiniz, sizce en güzel yapıtınız hangisi?" diye soran kurnaz okura

nasıl anlatmalıyım ki, herhangi biri için çok güzel bir kitap, başka herhangi biri için de en çirkin, en kötü kitaptır. Bu durumda ilk karşılaştığım bir okura, en güzel, en sevdiğim, en beğendiğim kitabım şudur diye nasıl salık verebilirim? Ama bir yanıt da vermem gerekiyor. işte o zaman kendime özgü bir kurnazlıkla şöyle derim:

- En sevdiğim, en beğendiğim, en güzel kitabım, en kalın ve en pahalı olanıdır.

Milliyet Yayıncılık için bir kitap hazırlamayı tasarlarken işte bütün bunları düşündüm. Çok sayıda basılacak ve çok sayıda okunması için çok ucuza satılacak olan kitabımın içinde neler olmalıdır? 110 kitabımın içinde ne varsa, bunların hepsi olmalıdır. Ama 110 kitabın 160 sayfaya sığdırılması olanaksız olduğuna göre bu 110 kitaptan 160 sayfaya sığabilecek bir seçki yapabilirim. İşte "Aziz Nesin'in Aziz Nesin'den Seçtikleri" adlı seçki kitabı böylece ortaya çıktı. Bu seçkidekiler benim en beğendiğim, en güzel, en sevdiğim yapıtlarım mı? Böyle bir savda bulunamam. Ama bu seçkidekiler, en sevdiklerimden ve okurlarımın da seveceklerini umduklarımdan bir demettir.

Bugüne dek yayınlanmış kitaplarımın türleri ve sayısı şöyledir?
Şiir
Taşlama
Gülmece Öyküsü
Gülmece Olmayan Öyküler
Roman
Oyun
Çocuk Kitapları
Anı
Köşeyazıları ve başyazılar
Yazılar
Konuşmalar (söyleşiler)
Mektuplar - 5

Bu seçkiye bu kitaplardaki yazılarımdan beğeneceğinizi umduklarımı derleyip aldım. Yanılıp yanılmadığıma siz, okurlarım, karar verebilirsiniz.

En kalın ve dolayısıyla en pahalı ve bana ençok para kazandıracak kitabımın yerine "yükte ağır, pahada hafif" olan bu seçkiyi sunuyorum. İçinde 110 kitabımdan biriki damla bulacaksınız. Az veren candan, çok veren canından...

Teşvikiye
(28 Mart 1995)

BİR ANI

O GECEYİ YAZMAK

Önceden söyleyeyim ki, bu yazı bir öykü değildir. Hiçbişey katmadan, hiçbişey çıkarmadan, hiçbişey değiştirmeden o geceyi olduğu gibi, bütün düşündüklerimle, bütün duygularım, duyarlıklarım, hatta duygusallıklarımla anlatmak istiyorum. Üstünden otuzaltı gün geçti. Bilmiyorum olduğu gibi yazabilecek miyim. Ama yazmaya çalışacağım.

Bir öykü değilse nedir bu yazı? Bir anlatı, belki bir anı: Bir ölüm yolculuğu gecesinin biriki saat süren duyarlıkları...

1991 yılının son günü ve 1991 yılını 1992 yılına bağlayan ilk gece...

Benim için her yılın son günü, her günkünden çok daha yorucu oluyor. Çünkü o gün, her günkü işlerime ek olarak Nesin Vakfı'ndaki çocuklarıma ve Vakf'ın çalışanlarına gece verilmek üzere armağanlar hazırlamalıyım. Bu öyle dışardan sanıldığı gibi pek de kolay iş değildir. Şu işi son güne bırakmayayım, önceden armağanları yavaş yavaş hazırlayayım diye düşünürüm her zaman da bitürlü yapamam yine.

Otuz çocuğum var, çalışanlarla, konuklarla yılbaşı gecesi kırk, kırkbeş kişi oluruz. Hepsine ayrı ayrı armağanlar vermeliyim, çocuklarıma üç, dört beş armağan vermem gerekir. Yaşları küçük olanların armağan sayıları çoktur, armağanları büyüklerinki kadar değerli değilse de... Bu armağanlar, büyüklüklerine ve biçimlerine göre ayrı ayrı kutulara konulacak, paketlenecek, süslü ve renkli kağıtlara sarılacak, kordelalarla ya da o renkli parlak -ne deniyor adına- bağlarla bağlanacak fiyong yaparak...

Armağanların paketlenmesi için bütün yıl boy boy kutular, zarflar, güzel torbalar, renk renk çiçekli kâğıtlar, yaldızlı kâğıtlar, süslü ipler, cicili bicili ve parlak bağlar biriktiririm. Bunların hiçbiri yeni değildir. Hepsi de ya bana ya Vakf'a gönderilmiş şeylerin paketleme gereçleri olduğu için önceden kullanılmıştır. Biz onları yılbaşı gecesi armağanların ambalajı olarak kullandıktan sonra da atmayız. Üçüncü, dördüncü, beşinci kez kullanılmak, sonunda kalorifer ocağında yakılmak üzere saklarız. Doğrusunu söylememiz gerekirse, bizim elimize geçen herhangi bişeyin bizden çekeceği vardır ve elimizden kurtulması hiç de kolay değildir.

Armağanları da yıl boyunca biriktiririm. Kimisini yurtdışı gezilerimden alıp getirmişimdir, kimisini de yurtiçi gezilerimden... Aradabir İstanbul'da gezerken satıcılardan alırım. Biçoğunu da okurlarım ya da yabancı konuklarım getirmişlerdir. Bu armağanlar, çocuklara doğumgünlerinde, bayramlarda, en değerli olanları da yılbaşlarında verilir. Armağan olarak neler mi var? Neler neler yok ki... Renk renk irili ufaklı balonlar, düdüklü balonlar, cicilibicili zıpzıplar, fırtfırtlı düdükler, hacıyatmazlar, küçük metal arabalar, kurularak işleyen türlü taşıtlar (araba, otobüs, kamyon, itfaiye arabası, cankurtaran, polis arabası), değişik biçimde maskeler, el topları, ayak topları, türlü boyalar, renkli hamurlar (plastik), boyama defterleri, pul defterleri, albümler, ağız muzikaları, pergel takımları, saatler, değişik boyda bebek ayılar, köpekler, filler, bebekler, yatırınca uyuyan ve karnına basınca ağlayan bebekler, renkli kalemler, satranç takımları, örgü kazaklar, kızlara türlü takılar, ok ve ok atma hedefleri, anı defterleri, dolmakalemler, çoğu Avrupa'dan gönderilmiş kutular içinde yapma-takma oyuncaklar, büyükler için mekanik takımlar, deri çantalar, ajandalar, eşarplar, kemerler, ciltli defterler...

Önceki yılbaşı gecelerini hazırlarken daha da çok yorulurdum. Çünkü, yılbaşı gecesini geçirdiğimiz çinili salonu da ben düzenler, süsler, hazırlardım. Beşon yılını Vakıf'ta geçirmiş olan çocuklarımı çinili salonun yılbaşı için nasıl düzenleneceğini öğrendiler, bu işi onlar yapıyor. Salonun tavanında, avizeden avizeye kâğıt fenerler, balonlar, serpantinler, süslü yaldızlı kâğıtlar, krepon kâğıtlarından süsler asılır. Bizde küçük küçük kâğıtlardan her ulusun bayrakları vardır, bu bayraklar ipe dizilmiştir. Tavan iki yanlı ve boydan boya bu bayraklarla donanır.

Yönetmenimiz Ruşen Ulusoy yılbaşı yiyeceklerini ve içkilerimizi iki gün önceden alıp hazırlatmıştır: Her türlü kuruyemiş, çerezler, yılbaşı çörekleri, pastalar, çukulatalar, yemişler... Yemeklerden, hindi söğüş ve iç pilav, rus salatası, zeytinyağlı dolma ve sarma, çerkestavuğu, börek türlü salatalar, daha neler neler.. Yılbaşı geceleri, benden başka herkes Nesin Vakfı'nda, büyüğümüz küçüğümüz şarap içer. Ben ve biriki kişi daha rakı içeriz.

Çinili salonun sahneye benzeyen yükseltisinde ilkokullu ve ortaokullu pandomim yaparlar, oyunlar çıkarırlar, gitar çalıp şarkılar söylerler.

Yılbaşı armağanları sözde kurayla çekilerek verilir. Nasıl bir rastlantıdır ki, kurada herkese gereksindiği bir armağan düşer. Örneğin bir gümüş kolye ya da bir altın küpe hiçbir zaman bir oğlana düşmez. Bu rastlantıda benim gözboyamacılığımın payı büyüktür.

Sonra kumara başlarız. Ben bütün yıl büyük bir kutu içinde bozuk para biriktiririm. Bu bozuk paraları herbirine beşer bin liradan aşağı olmamak üzere dağıtırım çocuklara ve bizimle olanlara. Kumara tombaladan başlarız. Kartelalar satılır. Tadını çıkara çıkara torbadan tombala sayılarını ben çekerim. Diyelim torbadan 34 mü çıktı; ben önce bir "otuuuz..." diye bağırır, kartelasında otuzlu sayı olanları coşkulandırır, sonra "dööört..." derim. Bir gürültü, bir şamata, çığlık... Televizyon açıktır ama bakan yoktur o sıra. Sonra at yarışı oynarız. Sonra bir koy beş al oynarız. Sonra rulet oynarız, bizim ruletten...

Her gece saat 21.30'da kendiliklerinden yataklarına çekilen küçükler, yılbaşı gecesi 24'e dek bizimledir. Geceyarısında yeni yılı kutladıktan sonra kendiliklerinden teker teker yatak odalarına çekilirler. Saat 02.00'de ortaokulluların da çoğu yatmış olur. Hiçkimse çocukların hiçbirine hiçbir zaman "Haydi yatağa!" demez. Çünkü Nesin Vakfı'nda başkalarının koyduğu izlence ve kural yoktur. Herkesin kendi aklı var. Herkes kendi kuralını kendi koyar, kendi izlencesini kendi yapar. Küçükler de, kendi kurallarını kendileri yapmaya alıştırılır.

İşte 31 Aralık 1991 Salı günü sabahı da, ben her yılsonu gününde olduğu gibi, gece dağıtılacak armağanları hazırlamakla uğraşıyordum ki... Ah bu benim yüreğim... Yeni bir yürek bunalımı... Son beş-altı yıldır, her üç-dört aydabir geliyor başıma. Ağır ağır vücudumun bütün gücü çekiliyor, sanki canım benden ayrılıp gidiyor. Gözlerim gölgeleniyor, bulanık, puslu görmeye başlıyorum. Yüreğimin atışı durdu duracak... Bu böyle yarım saat kadar sürüyor. Kimileyin uçakta, takside, toplantıda, kimileyin evimde durup dururken böyle oluyorum. Her kezinde ölüme gittiğimi sanıyorum. Çok da kötü bir ölüm biçimi sayılmaz. Çünkü insan ölümü, an an yaşayarak ölüme gidiyor. İsordil denilen ilaçtan, küçük bir hapı dilimin altına koyarsam, bu yürek bunalımını daha çabuk atlatıyorum. Ne var ki, yüreğime iyi gelen bu ilaç, göz tansiyonuma zararlı. Bu yüzden olabildince az almaya çalışıyorum bu ilacı...

31 Aralık sabahı da böyle bir yürek bunalımını atlattım. Her ne olursa olsun yaşam sürüyor ve hep sürecek. Yine işler, işler, işler, yazılar, yanıtlanacak mektuplar, okunacak gazeteler, dergiler, kitaplar, tutulacak notlar... Çocukların armağanlarını nasıl olsa akşama doğru da hazırlarım.

Ben hep böyle yaparım, ancak bir günde yapılabilecek bir işi, nasıl olsa biriki saate yaparım diye geriye atarım, sonra da yetiştiremem.

Çocukların armağanlarını paketlemeye saat 16 dolaylarında başlamıştım. Dön o yana dön bu yana, koş oraya koş buraya, saat 19'da işi bitirmiştim ama ben de bitmiştim. Büyük çocuklarımı çağırdım, armağanları torbalara doldurtup yıkıldım. Yooo, bu öncekilere benzemiyor. Bu kez tamam...

"O Geceyi Yazmak" diye başladığım yazı, buraya dek yazdıklarım değil, bundan sonra yazacaklarım.

Yığılıyorum kanapeye... Yüreğimde öyle bir sancı, öyle bir sancı... Kıvranıyorum, iki büklüm oluyorum, doğruluyorum, sırtüstü uzanıyorum, yan dönüyorum, yüzükoyun yatıyorum... Sanki yüreğimde eski bir yara varmış da, o yara şimdi yeniden bıçaklanıyormuş, bıçakla oyuluyormuş gibi... Bugüne dek geçirdiğim yürek bunalımlarına, yürek teklemelerine hiç de benzemiyor bu... Ortadaki büyük masa üstünde isordil kutusu var. Benim üstünde kıvrandığım kanapeyle masa arası iki metre ancak var. Ama kalkamıyorum, uzanıp alamıyorum masadan isordili. Acılar dayanılır gibi değil, dayanılır gibi olmayan acılara dayanıyorum, dayanmamak elimde olmadığı için... Öyle bitkinim ki...

Bu kez tamam, diyorum kendikendime. İşte ölüm beni teslim alıyor. Hayır, ölüm, beni teslim alamaz, ancak esir alabilir. Teslim olma!.. Ölüm seni asla da.... Çok belli ki esir alacak. Teslim olmadan esir edilmenin bile onuru var.

İyice bastı gecenin karanlığı...

Ah çocuklar, şimdi yukarda, alacakları armağanların sevinci ve coşkusu içindedirler. Tam da ölünecek zamanı bulmuşum... Koşuşmalarını, ayak seslerini duyuyorum. Ne saçma! Yılbaşı eğlencesinden sonra ölemez miydim?

Bedenimden canımın çekildiğini duyumsuyorum. Demek, öleceğim. Yukardan birisi gelse de masadaki şu isordili verse...

Artık kimse yardım edemez... On dakika mı sürer, yarım saat mı... Tüh, yılbaşı şöleni çocuklara zehir olacak...

Yazık ki, nasıl öldüğümü yazamayacağım. Ençok işte buna üzülüyorum. Bir yazar bütün yaşadıklarını yazsa bile ölümünü yazamaz. Oysa ölüm, yaşamın en önemli olayıdır. Yaşamımın en önemli olayını yazamadan gidiyorum.

Malaparte aklıma geliyor.

Sanırım her yazar -ama has yazarlar- ölümün kendisini esir aldığı zamanı, o zamanki duygularını, duyarlıklarını, düşündüklerini yazmak ister, ama bunun olanağı yoktur. Tek yazılamayacak olan budur. Gerçekten her yazar ister mi bunu, dünyaya son sesini bırakmayı? İstemeyenler de vardır belki...

Malaparte'yi bunun için anımsadım. Onun ölüme teslim oluşu ya da ölümün onu alışı uzun sürünce, yanıbaşına bir sesalma aygıtı koydurmuş. Son soluğunu verinceye dek konuşmuş, duygularını, öksürmelerini, inlemelerini, belki ağlamalarını, ahlarını, hepsini saptamış, son soluğuna dek...

Ayak sesleri geliyor. Bu ayak sesleri küçüklerden birinin... Kapım açılıyor.

- Dedeeee... Yemek hazır, seni bekliyoruz.

Hakkı'nın sesi bu! Ses ağzından, top namlusundan mermi fırlar gibi çıkar.

- Siz başlayın, ben de geliyorum.

Ah, işte bunları yazamayacağım. Nasıl öldüğümü yazamamak, ölmekten çok daha acı geliyor.

Sonra? Ben ne densiz bir insanım. Donum geliyor aklıma. Son bir ay içinde üstüste üç kez ağır soğukalgınlığı geçirdim. Tam iyi olurken daha ağır bir grip... Yıkanmak yüzünden olduğunu söylemişlerdi. Ben de bir haftadır yıkanmadım. Yıkanmayınca da... Fanelamı değiştirdim de, donumu değiştirmemiştim... Ne olacak şimdi? Yukarı çıkıp yatak odamdan temiz iç çamaşırı alamam ki... Kirli donumla...

Yine bir ayak sesi... Bu da küçüklerden biri...

- Dedeeee...

Seçkin'in sesi bu...

- Herkes oturdu sofraya, hadi!...

- Ben biraz sonra gelirim, siz başlayın...

Vasiyetimi düşünüyorum. Ne diye bugüne dek vasiyetimi yazmadım? Çok öncelerden yazmalıydım. Zaman zaman da tasarlıyordum. Ölümün hiç gelemeyeceği uzaklıklarda olduğunu sanıyordum da ondan yazmadım. Başka bir zaman ölemez miydim? Otuz çocuk sofra başında beni beklerken.. Şu yılbaşı gecesini geçirseydim ya da iki-üç gün önce olsaydı.

- Dedeee...

Bu kez Sema gelmiş. Ondan kurtulmak zordur.

- Hastayım kızım, Ruşen Amca'yı çağırır mısın?

Vakf'ımızın yönetmeni geliyor. Işığı açıyor. Beni öyle görünce telaşlanıyor. Masanın üstündeki isordil kutusunu istiyorum. Dilimin altına iki isordil birden koyuyorum. Ruşen Bey hemen Çatalca'dan bir hekim çağırmayı öneriyor. Samatya'daki Sosyal Sigorta Hastanesi'ne gitmemiz iki saat sürer. Dayanamam. Üstelik yılbaşı gecesinin en güzel saatinde hastanenin nöbetçi hekimi telefon edip uzman hekimi evinden çağıracak... Ölmek için en kötü zaman bu...

- Siz çıkın yukarıya Ruşen Bey... Başlayın yemeğe...

- Çocuklar, siz olmayınca başlamıyorlar...

Boğazım düğümleniyor, sesim titriyor.

- Peki peki... Çıkın siz... Işığı söndürün lütfen... Az sonra gelirim.

O denli çok yapılmamış, yarıda kalmış işlerim var ki... Ne çok işlerim kaldı geriye... Dünyaya borçlu ölüyorum. Kim var ki dünyaya borçlu ölmeyen? Borçlu değil, alacaklı ölenler bile var... Örneğin Einstein... Örneğin Shakespeare...

Geriye bıraktığım işlerimin hiç olmazsa bir bölümünü vasiyetimde yazmalıydım.

Vasiyetime yazacağım en önemli şey, şu cenaze töreni denilen rezillik, ikiyüzlülük... Tek sözcükle tiksiniyorum, iğreniyorum şu cenaze töreni sahteciliğinden...

Nasıl sancılar saplanıyor yüreğime, bir paslı kör bıçak sokulup sokulup çıkarılıyormuş gibi... Böyle düşkün ve acılı zamanımda yapayalnız olmak isterim, Vakıf'ta çocuklarımın yanında olmamalıydım.

Vasiyetimi yazabilseydim, birinci maddesi "Cenaze töreni istemiyorum." olacaktı, sonra "Ölüm ilanı da istemiyorum gazetelerde..." diye yazacaktım vasiyetime. Her yere, her işe olduğu gibi vasiyetimi yazmaya da geç kalıp yetişemedim.

Ölünce nasıl olsa cenaze töreninden haberim olmayacak ama, ölmemden az önceki şu anımda bunu biliyor ve yapılacak olan cenaze töreninin sahteciliğini duyumsuyorum ya... Ne çok insan cenaze törenime katılıp "Son görevimizi yapıyoruz" diye rahatlayacak, sondan önceki hiçbir görevini yapmayanlar... Ne yapmalıyım bana cenaze töreni yapılmaması için? Ah, bütün bunları yazmalıydım vasiyetimde... Bir isordil daha alsam mı? Sancılar gittikçe sıklaşıyor ve artıyor. Ben cesedimin Devlet hastanelerinden birine verilip, tıp öğrencilerinin kadavram üstünde ders görerek cesedimden yararlanmalarını istiyorum. Özellikle bunu çok istiyorum. Vasiyetime yazmak isterdim. Neyim varsa, neyim olmuşsa, neler yapıp üretebilmişsem, her şeyimden herkes sonuna dek yararlansın, hiçbişeyim ziyan olmasın, boşa gitmesin istiyorum. Benden arta kalan son varlığım cesedimdir, ondan da yararlanılabildiğince yararlanılsın. Ama benim sevgili hekim dostum bu düşünceme hep karşı çıkar, nedenini açıkça söylemeden... Nedenini düşünüyorum. Belki duygusallıktır.

Vasiyetimi yazabilseydim, üçüncü maddesi şu mezar konusu olacaktı. Düşüncelerim salt bana özgü, genellenmesini istemiyorum. Başkaları isteklerince mezar yaptırsınlar, ama ben mezarım olsun istemiyorum. İnsanın ölümünden sonra ruhunun varlığına inanmıyorum ki mezarı anlamlı ve gerekli bulayım.

Üzerinde tıp öğrencilerinin ders gördükten sonra kadavranın, hiç cenaze töreni yapılmadan Nesin Vakfı'nın bahçesinin herhangi bir yerine gömülmesini ve o yere taş gibi tümsek gibi herhangi bir işaret konulmamasını istiyorum. Çiçek filan da konulmasın. Göremeyeceğim, koklayamayacağım çiçeklerin cesedimin gömüldüğü toprak üstünde çürümülerine acırım. O çiçekler, verilenleri sevindirmeli. Beni gömerlerken Nesin Vakfı'nın hiçbir çocuğu oralarda bulunmamalı, onlar uzaklaştırılmalı. Öyle ağlama, üzünç, söylev filan da istemiyorum. Gömüldüğüm yer zamanla unutulsun, bahçede herhangi bir yer... Toprağa gömülen cesedimden artık doğa, doğal varlıklar yararlansın.

"Son İstek" şiirimin sonunu -sancılar saplanıyor- anımsıyorum:

"Ölünce yaşamalıyım defne yapraklarında
Sakın ola ki
Silahlarda değil"

Vasiyetimi de yazamadığıma göre, ölümümden sonra bu mezar konusunun bir sorun yaratmasından korkuyorum. Türkiye'de mezarlıklar dinlere göre ayrılmıştır. Dinsizler için mezar yeri yok. Bense Müslümanların "yatacak yeri yok" dediklerindenim.

Vasiyetimi yazabilseydim, yazmam gereken bir önemli madde de... Çok önemli. Vasiyetimi yazamadan ölürsem -ki öyle görünüyor- kadınlarım için yazdıklarım, onların mektupları, fotoğraflarımız, benim notlarım... Sevdiğim, çok sevdiğim, beni sevdiklerine inandığım kadınlarım... Beni düşkırıklıklarına uğratanlar... Beni seviyormuş gibi görünenler... Kitaplığımda ayrı dolaplarda dosyalar içinde duruyor bütün o sevi belgeleri. Ne çok, ne çok... Onlar benim en değerli zenginliklerim: İhanete uğramışlıklarım, aldatılmalarım, acılarım, inandıklarım, sevgilerim, yürek çarpıntılarım, bulut oluşum, yağmur oluşum, yel oluşum...

Bu dosyaların hiçbiri ölümümden sonra, benden geriye kalmamalı. Ah, bunları vasiyetimi yazıp belirtmeliydim. Dosyaların kimileri, hangi kadınım içinse ona geri verilecekti ya da adresine postalanacaktı. Pekçoğu da yakılacak... Hele üç kadınım var ki, onlara değin bütün belgeleri, eski yapı bir küçük sandığa koyup kendilerine gönderilmesini istiyordum, sedef işli ya da kakmalı, oymalı, işlemeli güzel sandıklar... Yazacaktım bütün bunları vasiyetime... O dosyalarda kurutulmuş çiçekler, yapraklar var, şiirlerimin hammaddeleri var, kâğıt peçetelere yazılmış notlar var, tiyatro biletleri, konser çağrılıkları... Birçoğu yakılacak.

Bütün bu dosyalardan romanlar, oyunlar, anılar çıkacaktı. Daha önce kendim yakamazdım bunun için. Kıyamazdım da yakmaya... Kendimi yakmak gibi olurdu bu. Onlar canlıymış, benim canımdan parçalarmış gibi geliyor bana.

Yüreğimin sızısı yavaş yavaş diniyor.

Ruşen Bey geliyor yine.

- Nasılsınız?
- İyileşiyorum.
- Çocuklar hâlâ sizi bekliyor.

- Geliyorum, geliyorum... Siz çıkın yukarı.

Sandalyelere tutuna tutuna, duvarlara dayana dayana kalkıyorum. Kapıdan çıkıyorum, sonra koridor kapısından... Merdiven basamaklarını ezbere bilirim. Önce altı basamak, küçük bir sahanlık, üç basamak, sonra on basamak... Beni bu durumda, tırabzana tutunarak, dura dura basamakları çıktığımı çocuklarımın görmesini istemiyorum. Çinili salona girince dik ve diri durmaya, dinç yürümeye çalışıyorum ve gülümsüyorum. Yerimi boş bırakmışlar. Oturuyorum. Hepsinin gözleri bende... Bağırıyorum:

- Hani şarapları koymamışsınız bardaklara...

Çocukların uğultusu, bardak, tabak, çatal bıçak şıngırtısı başlıyor.

Ruşen Bey'le ben rakı içeceğiz.

Bardaklar havaya kalkıyor. Soframızda yok yok...

Rakıyı içmiyorum, içemiyorum, içermiş gibi yapıyorum. Yemek de yiyemiyorum, yermiş gibi yapıyorum.

Salonun yükseltisinde çocuklar pandomim yapıyorlar. Çıkardıkları oyunlardan biri, Vakıf yönetimini ağır eleştiriyor. Haftada bir sabah kahvaltı olarak çorba veriliyor. Çorbayı sevmediklerini bize pandomimle anlatıyorlar. Anladık, anladık: Bundan sonra sabah kahvaltılarında çorba verilemeyecek. Sanat yoluyla eleştiri çok hoşuma gidiyor.

Şarkılar söylüyorlar.

Sevinç, kahkahalar, gülüşmeler...

Armağanları sözde kurayla dağıtıyoruz. Herkes aldığı armağanı havaya kaldırıp gösteriyor. Çalışma odamda, yıl boyunca biriktirdiğim bozuk paraların dolu olduğu kutuyu getirtiyorum. Paralar herkese eşitçe dağıtılıyor. Şimdi tombala çekilecek. Bu yılbaşı ilk kez bu işi ben yapamayacağım.

Televizyonda bir dansöz göbek atıyor. Pek bakan yok.

Gülümsüyorum, çocuklara yatmak zorunda olduğumu, dinlenmem gerektiğini söylüyorum. İlk kez yılbaşının gece yarısı onlarla birlikte olamayacağım.

Canımı dişime takarak dik yürümeye çalışıyorum. Yatak odama giriyorum ve kendimi yatağıma bırakıyorum.

Yürek sancım dindi. Ama dünyayı sırtımda taşımış ve altında ezilmiş gibiyim.

Ölümden dönüşümü düşünüyorum. Ne kadar için? Kimbilir...

Çocuklarımın salondan gelen kahkahalarını, gülüşlerini duyarak uyuyorum.

* * *

Ölmedim. Öleceğimi sandığım o geceki duygularımı, düşüncelerimi, elimden geldiğince olduğu gibi yazmaya çalıştım.

Ölmedim ama, o geceki yürek bunalımım bana ölümün uyarısıydı. Ölüm bana vasiyetimi yazabilmem için izin vermişti. Ameliyat oluncaya dek hepsini yazmaya yine zamanım yok, ama vasiyetime en önemli dileklerimi yazdım.

Ameliyat masasından sağlıklı kalkacağımı umuyorum. Ameliyat masasına yatan hangi insan böyle ummaz ki. Ölüm yine izin verirse, dünyaya borçlu olduğum yazılarımı yazmaya çalışacağım. Biliyorum olanaksızlığını ama yine de dünyaya borçlu ölmek istemiyorum.

İşte gördünüz, bu yazı bir öykü değil, uyarı için ölümün beni ziyaret ettiği o gecenin anlatısı...

Teşvikiye-7 Mart 1992

GÜLMECE OLMAYAN BİR ÖYKÜ

TÜLSÜ'YÜ SEVMEK

Sevgili V.D.

"Seni Seviyorum Tülsü" yazılı telgrafımı alınca, bu da ne demek oluyor, Tülsü de kim, diye çok şaşırmışsındır.

Aklı başında bir insanın yapacağı şey değildi doğrusu. Ama o telgrafı çekerken tam olarak aklımın başımda olduğunu söyleyemem. O gün bir uyurgezer gibiydim. İstencim dışında o telgrafı çektim sana.

Yabancısı olduğum dünyanın bu sayılı kalabalık kentinde bir haftadan beri ilk o gece bir başıma kalmıştım. Yabancı bir kentte insanın yalnızlığı daha bir katmerleniyor. Yalnızlıktan, içinde bulunduğum hava sanki yoğunlaşıp ağdalandı ve ben bu ağda içinde zorlukla kımıldıyordum. Bu ruh hali içinde, bilincimi içkide yitirip kendimi unutmaktan başka umarım yoktu. Kaldığım otelin dolaylarındaki pahalı restoranlara, gazinolara gitmek istemedim. Çünkü, kolalı insanlar, kolalı masa örtüleri, kolalı konuşmalar değil, buruşuk insanlar, buruşuk masa örtüleri, buruşuk konuşmalar arasında salt kendimle başbaşa kalmak istiyordum.

Yan sokaklara daldım çıktım; öyle ki bir zaman sonra o büyük kentin içinde kendimi yitirdim. Yabancısı olduğum büyük kentlerde kendimi kalabalığın akışına bırakıp yitirmeyi seviyorum. Nasıl olsa bir taksiye binip otele dönebilirdim.

Gönlümce bikaç içkili yer buldum. Kimisinin kapısından girip, kimisinin dumanlı pencere camından baktım. Tekbaşıma kalabileceğim boş masası olan bir yer buldum. Bir tek masa kalmıştı boş. Vestiyer yolu üzerinde olduğundan boş kalmış olacaktı. Hoşuma gitti. Konuşmaların uğultusunda bile alkol kokusu vardı. Yabancılığımı yüzüme çarpan hiçbişey yoktu. Hizmet eden üç kadın vardı. Bunlardan Akdeniz esmerliğindeki kadın masama gelip isteğimi sordu. Karışık peynirle salata, beyaz şarap söyledim. İstediklerimi getiren Akdeniz esmerliğindeki kadın, küçük bir cam vazo içinde bir tek kırmızı karanfil getirmek inceliğini de gösterdi. Teşekkür

ettim. O tek karanfil, göz için olan o irilerden değil, ama yanık kokusu olan küçük karanfillerdendi. Bütün kokusunu içime çekip bitirmek ister gibi kokladım. İçiyor, yavaş yavaş kendime geliyordum. Yüzüm kapıya dönüktü. Kapının açıldığını görmemiştim ama, kapının girişinde duran o adamı görmüştüm. Benim yaşımda biriydi. Öyle dikilmiş, oturacağı boş masa arıyordu bakışlarıyla. Gözüne beni kestirmiş olacak, yanıma geldi,

- Müsaade ederseniz, ben de oturabilir miyim? dedi.

İsteksizcesine,

- Elbet, buyrun... dedim.

Yalnızlığımı bölüşmek istemiyordum, hele böyle biriyle... Canım sıkılmıştı. Teşekkür edip oturdu karşıma. O Akdeniz esmeri kadından, tıpkı benim gibi, karışık peynir, salata, beyaz şarap istedi.

Benim yaptığım gibi karanfili derin derin kokladıktan sonra,

- Ben bu küçük, kokulu karanfilleri, o gösterişli irilerinden daha çok severim, dedi, her kendini beğenmiş gibi gösterişli biçimleri vardır ama kokuları yok.. Oysa bunlar her alçakgönüllü gibi, kendi çığırtkanlığını yapmaz, nasıl da kokar yanık yanık...

Doldurduğu şarap bardağını kaldırıp,

-Şerefe! dedi.

Bardağımı onunkiyle tokuşturup ben de,

- Şerefe! dedim.

Artık söyleşi açılmış oldu. Bu kentin yabancısı olduğunu, bir haftadanberi burada bulunduğunu söyledi.

- Ben de öyle... dedim.

Bu kez incelik olsun diye ben sözü açmak gereğini duyarak, ne iş yaptığını sordum.

- Tülsü'yü seviyorum, dedi.

Sorumu yanlış anlamış olmalıydı.

- İşinizi sormuştum, dedim.

- Ben de söyledim, dedi, benim işim Tülsü'yü sevmek...

Şaştığımı ayrımsayınca açıklamak gereğini duydu:

- Dünyada sevmekten önemli bir iş olur mu? Bugüne dek hep Tülsü'yü sevdim, ölene dek de hep seveceğim. En büyük mutluluk, insanın sevdiği işi yapmasıdır. Oysa insanların çoğunluğu, nerdeyse hepsi sevmediği işi yapıyor.

Ne iş yaptığını sorarken, ne işle geçindiğini öğrenmek istemiştim.

- İşini sevmek ne demektir? diye sorup yine kendisi yanıtladı: Hergünün yirmidört saati, uykunda bile sevdiğin şeyi düşünmek...

Şaraplarımızı tüketmiştik. Birer şişe daha getirttik.

O yaşta bir adamın sevgilisi kimbilir nasıl bişeydir!

- Yaşınızı sorabilir miyim? dedim.

- Benim yaşımda birinin sevmeyi yaşamının tek işi saymasını siz de herkes gibi yadırgıyorsunuz. Yetmiş yaşımdayım... dedi.

- Aynı yaştayız demek.

- Elbet, Tülsü'yü de merak ediyorsunuz, değil mi? Herkes merak ediyor çünkü, yetmiş yaşındaki adamın sevgilisini...

- Yaşamınızı adadığınız bu mutlu kadını merak ediyorum doğrusu.

Bardaklarımızı yine tokuşturup şerefe içtik.

- Tülsü'yü ilk görüşüm gerçekle düş arası bir olay. Çünkü Tülsü'yü ilk görüşümü, babamın söylediklerinden anımsayabiliyorum. O zaman dört-beş yaşımda filan olmalıyım. Bir akşam üstüydü. Babamla, bir arkadaşının dükkânı önünde oturuyorduk. Bozuk kaldırımlı bir yokuştaydı dükkân. Önümüzden bir kız geçti, ya da geçmiş... Uzun saçlı, ondört-onbeş yaşında bir kız, ya da bir kızmış.. Ben birden "İşte bu kızla evleneceğim!" dedim, ya da demişim. Babam bu olayı o denli çok yineledi ki, onun anlatmalarından, olay gözümde sonradan gerçekleşti, kız da somut bir varlık oldu. Babam anlata anlata, anımsamadığım olayı yaşamış gibi oldum. İşte Tülsü o zaman gördüğüm kızdır.

- Öyleyse şimdi seksenini aşmış olmalı...

-Neden?

- Siz dört-beş yaşınızdayken o onbeşinde olduğuna göre...

- Tülsü yaşlanmıyor ki...

- Sonra gördünüz demek?

- Hep onu arayıp duruyorum. Benim başka niçin bu kentte olduğumu sanıyorsunuz? Dünyanın bilmediğim bir yerinde, bilmediğim bir adreste yaşayan, beni bekleyen bilmediğim bir kadındır Tülsü. O'nu bulacağına inanıyorum, hep arıyorum. Bu yüzden bütün dünyayı dolaşıp duruyorum ya...

- İlk gördüğünüzden beri bir daha hiç görmediniz mi?

- Gördüm. Ben o zaman otuz yaşındaydım. Yine O'nu aramak için büyük bir başkentteydim. Metro merdiveninden iniyordum ki, birden, yanımdan yukarı çıkmakta olan metro merdiveninde gördüm Tülsü'yü... Ancak yirmi yaşında vardı. Kestane rengi saçlarını çok kısa kestirmişti. Yürüyen merdivende, yanımdan geçip gitti. "Tülsü!" diye seslenmek geldi içimden, ama olduğum merdiven kayıp inmişti aşağıya.

- Başka görmediniz mi?

- Gördüm birkaç kez daha. Tuna nehri kıyısındaki o kente ilk gidişimdi. Kırk yaşımdaydım o zaman. Tirenden yeni inmiştim. Gar çok kalabalıktı. Tirene binenler, tirenden inenler telaşla koşuşuyorlardı. İşte o kargaşada birisiyle çarpıştım. Başımı kaldırıp baktım ki, açık sarışın, iri mavi gözlü, ancak yirmibeşinde bir kız: Tülsü... Bir an birbirimize bakakaldık. Bana çarpınca elinden paketleri düşmüştü. Bavulumu yere bırakıp, paketlerini alıp verdim. "Pardon" dedim. O da teşekkür etti. Yanındaki erkek koluna girip tirene bindirdi.

Bu karşılaşmamızdan beşaltı yıl sonraydı, bir Uzakasya kentinde otobüste gördüm. Aynı otobüste dört durak birlikte gittik.

- Konuşmadınız mı? diye sordum.

- Nasıl konuşabilirdim? O'nun dilini bilmiyordum ki... bir kez de küçük bir kuzey ülkesinin başkentindeki bir uluslararası toplantıda gördüm Tülsü'yü. Aynı masada çok kısa bir süre karşıkarşıya oturduk. Yanındaki zenci de kocası olacaktı.

- Kocası zenci miydi?

- Evet. Tülsü de zenciydi, olağanüstü güzel bir zenci.

- Yine konuşmadınız mı?

- "Sizde üç sayılı bültenden fazla var mı?" diye sordu bana. Fazla yoktu ama, kendiminkini verdim. Teşekkür etti. Yıllar geçiyor, ben hep Tülsü'yü arıyorum.

- Ama buluyorsunuz O'nu.

- Bulmak ama nasıl... Bir anlık. Bir şimşek parıltısında görür gibi ancak. Birden parlayıp sönüveren yalımda görüyorum. Bulur bulmaz yitiyor yine. Kavuşmak değil ki bu... O'na kavuşmak için yeryuvarlağını kaç kez dolandım. Bir Balkan ülkesinin başkentindeki bir sarayda gördüm Tülsü'yü. Daha otuzunda bile değildi. Bense altmışımı geçmiştim. İki erkeğin arasında, mermerden parmaklığın geniş küpeştesine yanlamasına oturmuştu. Elindeki geniş karınlı bardakta al kırmızı bir içki vardı. Ayakta duran iki erkeğin konuşmalarına güldükçe, kırmızı içki çalkalanıyordu. Saçları kızıl, gözleri koyu siyahtı.

Beş yıl önce hiç ummadığım bir yerde... Hep ummadığım yerlerde ve zamanlarda görüyorum Tülsü'yü. Bir ilçedeki bir bankaya girmiştim, bir de baktım, az ötedeki banka memuruyla konuşuyor. Gözleri yeşildi, saçlarını topuz yapmıştı. Hemen çıktı bankadan, kapıdaki arabaya binip gitti.

Son olarak geçen yıl gördüm, bir Akdeniz kentinin bir kıyı motelinde. Yirmi başında var yok, incecik bir dal... Ben odamın önündeki çardağın gölgesinde kitap okuyordum. "Affedersiniz, saatiniz kaç?" sesine başımı kaldırdım ki, karşımda Tülsü... Yanında bir delikanlı. Denizden daha yeni çıkmışlar, su damlaları üstlerinde tomur tomur. Saati söyledim. Teşekkür etti. Yüreğim duracak sandım. Gittiler. Bir daha görmedim o motelde.

Şarabımız yine bitmişti.

- Bir şişe daha içer miyiz? diye sordum.

- İçelim... dedi.

-Akdeniz esmeri kadın bir şişe daha getirdi.

- Kime Tülsü'ye tutkunluğumu anlatsam, benimle alay ediyor. Tülsü orada şurada diye, beni ordan oraya göndermeye kalkıyorlar. Beni deli yerine koyup aşağılıyorlar. Tülsü'ye tutkunluğumu dinleyip de benimle alay etmeyen ilk sizsiniz.

Büyük bir acımayla,

- Tülsü'yü bunca sevmenizin nedeni? diye sordum.

- Nedeni pekçok, dedi, bikez O'nu arayıp da bulamadıkça, bulduğum zaman da kavuşamayınca, Tülsü'ye tutkum daha çok artıyor. Öyle bir tutku ki, gittikçe harlanıp yalazlanıp beni yakıyor, içim köz köz... O'na hiç kavuşamadan kendi yangınımdan kül olup tükeneceğimi biliyorum. Tülsü öyle iyi, öyle iyi ki... Neden iyi? Yanılıp da kendilerini Tülsü sanarak birlikte olduğum öteki kadınlar gibi benimle kavga etmedi, kavga fırsatları yaratmadı, benimle ilişkilerinde çıkarcılık gütmedi, ne versem daha da oburlaşan bir gözü doymaz değildi, seni seviyorum diye ne beni ne kendini kandırdı, hiç ikiyüzlülük etmedi, hiçbir gizli hesabı olmadı. Çünkü bütün bunların olabilmesi için paylaşacağımız zamanımız olmadı

ki... Tülsü benim için hep üçüncü boyutsuz anlık yaşam olarak kalıyor, bir şimşek parıltısı süresince yaşayabiliyorum O'nu. Bu yüzden O'nu seviyorum, hep seveceğim. Tülsü'yü sevmekten başka işim yok, olmayacak da...

- Bağışlayın, dedim, geçiminizi nasıl sağlıyorsunuz? Bir akarınız, geliriniz mi var?

- Hiçbişeyim yok... dedi.

- Nasıl yaşıyorsunuz öyleyse?

- Tülsü'yü düşünmeme, sevmeme, aramama bir an bile engel olmayan işler yaparak; engel olmanın tersine, Tülsü'yü sevmem önemli ama yeterli değil, Tülsü'yü sevdiğimi bütün dünyaya da duyurmalıyım. Herkes bilmelidir ki ben Tülsü'yü seviyorum. Bunu anlatamazsam yaşamımın anlamı kalmaz. Her insan bu dünyada var olduğunu kendine göre bir yol bulup başkalarına kanıtlamak zorundadır. Yoksa anlamı kalmayan yaşam bir saçmalık olur.

Anlayamamıştım. Açıklaması için,

- Nasıl yani? diye sordum.

- Bir insanın yaşamakta olduğunu salt kendisinin bilmesi yetmez; insan tek başına değil ki... Bir insanın bu dünyada var olduğunu, yaşadığını başka insanların da bilmesi gerekir ve bunu nice çok insan bilirse o insan o denli daha çok vardır. Herkesin var olma nedeni başka başka; benimki Tülsü'yü sevmek. Ben Tülsü'yü severek, sevdiğimi de herkese duyurarak var olabiliyorum bu dünyada.

- Nasıl yapıyorsunuz bunu?

- Herkese anlatarak işte. Örneğin bu gece size anlattım. Şimdi siz biliyorsunuz ki, ben Tülsü'yü seviyorum. Bu yüzden de ben sizin için artık varım, benim yaşamakta olduğumu biliyorsunuz. Herkese de bunu anlatmaya çalışıyorum. Eskiden dağlara, boş kırlara çıkıp, ormanlara gidip sesim çıkabildiğince bağırıyordum:

"Tülsü seni seviyorum!"

Sesimin yankısını dinlerdim. Hep aynı biçimde bağırmak güzel olmadığından, hem sözcüklerin yerlerini değiştirerek, hem de inceltip kalınlaştırarak sesimi değiştire değiştire bağırmaya başladım.

Ormanda, kırda haykırdığı gibi, ama öteki masalardakilerin duyamayacağı alçak sesle inceden haykırdı:

"Tülsü seni seviyorum!
Seni seviyorum Tülsü
Seviyorum seni Tülsü!
Tülsü seviyorum seni!
Seviyorum Tülsü seni
Seni Tülsü seviyorum!"

Sesimi bütün dünyaya duyurarak Tülsü'yü sevdiğimi herkesin öğrenmesini, bunu herkes öğrenince de, yaşadığımı, var olduğumu bütün insanların bilmelerini istiyorum. Bunun için de, yollarda, alanlarda, kalabalıklarda başladım şarkı gibi söylemeye: "Tülsü seni seviyorum!"

- Sesiniz güzel midir?

- Hayır. Çok da çirkin üstelik. Kulağım da hiç duyarlı değil. Ya sizin?

- Benim de öyle.

- Kulağım duyarlı olmadığı, sesim de çirkin olduğu için, her söyleşim ayrı sesle, ayrı biçimde oluyor. Dünyayı dolaşıyorum böyle. Her gittiğim yerin postanesinden "Seni seviyorum Tülsü" diye Tülsü'ye telgraf çekiyorum. Parama göre, bir günde beşaltı telgraf çektiğim oluyor.

- Öyleyse Tülsü'nün adresini biliyorsunuz.

- Hayır nerden bilebilirim? Uydurma bir adres yazıp telgrafı gönderiyorum.

- Bulunmayınca, telgraf size geri geliyordur.

- Sanırım. Ama bana değil. Çünkü benim adresim de uydurma. Çokça kaldığım kimi kent postanelerinde artık beni tanıyıp alay ettikleri için değişik postanelerden çekiyorum telgrafları. Alay etsinler, ama öğrendiler ki artık ben Tülsü'yü sevmekteyim. Tülsü'yü sevdiğim ne denli çok bilinirse, ben de o denli varım.

O içkili yerdeki masalar boşalmaya başlamıştı. Biz de geceyarısından sonra kalktık. Yalpalayarak yürüyebiliyorduk ama, ne konuştuğumuzu bilemeyecek, konuşulanları anlamayacak denli de sarhoş değildik.

- Dört gündenberi öğleden sonraları biriki saat Kültür Sarayı Alanı'ndayım, yarın oraya gelin... dedi.

- Ne yapıyorsunuz orda? diye sordum.

- Orda "Tülsü seni seviyorum!..." diye haykırıyorum sesim kısılana dek...

Hani ne iş yaptığımı sormuştunuz ya, işte bu benim işim oldu. Bu işe nasıl başladığımı anlatayım. Son telgrafı da çekmiştim o gün Tülsü'ye, hiç param kalmamıştı. O yana bu yana dolaşıp dururken Kültür Sarayı Alanı'na geldim. Gördünüz mü bilmem, çok eğlenceli bir yer. Orada herkes kendi hünerini, zenaatini, marifetini gösteriyor. Kimisi köpek cambazlığı yapıyor, üçdört küçük köpeğe akıl almayacak cambazlıklar yaptırıyor. Kimisi tekbaşına üçdört çalgı çalıp konser veriyor. Biri çalgı çalıp biri şarkı söyleyen ikililer de var. Kimisi, isteyenin hemen orda karikatürünü çiziyor. Bir kızla bir oğlan pandomim yapıyor. Bir adam kılıç yutup yine çıkarıyor. Cam kırıkları üstüne yatıp karnına beş kişi çıkaran biri var. Bir sakallı, yere renkli tebeşirle resim çiziyor. Beş maymununa cambazlıklar yaptıran biri alkışlanıyor. Birisi, küçük bir kutu sahnede kukla oynatıyor. Daha neler neler, kimler kimler var orda. Bunların başlarına kalabalık toplanıp seyrediyor. En çok ilgi gören daha kalabalık oluyor. Numara ve gösteri bitince, o kalabalıktan isteyenler para atıyorlar göstericinin kutusuna ya da önüne, bozuk paralar birikiyor.

Olağanüstü bir yer orası, hele benim için... Tülsü'yü sevdiğimi ilan edeceğim en güzel yer... Ben de bir yere, hem de kıyıda bir yere durup başladım haykırmaya... Tülsü'yü nasıl ve ne çok sevdiğimi haykıra haykıra anlatıyordum. Hiç ummamıştım benim de başıma toplanacaklarını. Ama çok kişi toplandı. Kimi alay ediyor, kimi bağırıyor, kimi de dinliyordu. Yorulana dek haykırarak anlattım. Sustum. Paralar atmaya başladılar. Öyle çok para ki... Hemen postaneye koşup telgraf çektim Tülsü'ye. O gündenberi hergün öğleden sonraları o alana gidiyorum. İsterseniz yarın siz de gelin.

Bir taksiye birlikte bindiğimizi, şoföre otelin adını söylediğimi anımsıyorum, sonrasını hiç bilmiyorum. Demek, sandığımdan daha sarhoşmuşum.

Ertesi sabah çok geç uyandığımda dün geceyi bir düş gibi anımsıyordum. O gün öğleden sonra Kültür Sarayı Alanı'na gittim. Gerçekten dün gece adamın anlattığı gibi olağanüstü eğlenceli bir yerdi. Ağzında ateş yakan, yılan oynatan, büyük bir kafes içindeki güvercinlerine havada takla attıran, beş dakikada portre çizen... Aralarından geçip dolaştım. Sonunda onu buldum. Alanın bir kıyı yerindeydi. "Seviyorum seni Tülsü!" diye haykırışını duymasam onu bulmam kolay olmayacaktı. Başı çok kalabalıktı, çepeçevre çevirmişlerdi. Ben de kalabalığın arasına daldım. Beni görmüş olabileceğini hiç sanmıyorum. Çünkü ben oraya gittiğimde gözleri kapalı, haykırmaktaydı. Buna ancak haykırmak denilebilir, bir şarkı değildi bu. Sesi gerçekten çirkindi, ama canı yanan, acı çeken bir insan gibi haykırıyor, bağırıyor, arada inliyordu. Kalabalıkta kadınlar, erkekler, yaşlılar, gençler, her kesimden insan vardı. Kimileri teyp getirmişler, onun haykırmalarını ses bandına alıyorlardı. Kendisinin de dediği gibi, o kalabalık içinde alay edenler, bağıranlar, hatta taş atanlar bile vardı. Ama öbürleri, taş atanları önlüyorlardı.

Ben de yanımda bir teyp getirip haykırmalarını ses bandına almadığıma yandım. Ama ertesi gün teyple gelecektim. Bikaç kişi onun haykırmalarını yazıyordu. Sonradan akıl edip ben de yazmaya başladım. Parçapürçük yazabildiklerim şunlar:

"Heeey, duyun artık, duyun ve öğrenin kii ben Tülsü'yü seviyorum. Bunu duymayan tek kişi bile kalmasın, sağırlar da duysun, öğrensin, bilsin. Emzikli kadınların süt dolu memeleri duysun... Sevişenlerin kaynayan kanı, yeni doğanların damarlarında dolanan taze kanı duysun. Sevenlerin birbirine ilk değen parmakları duysun... İlk öpüş dudakları duysun. Doyumsuzluk ağrılarını kasıklarında duyumsayanlar duysun.. Ve tarih ve zaman ve coğrafya duyup öğrensin ki ben, Tülsü'yü seviyorum."

Haykırışında, sanki dahaca sözcükleri oluşmamış mağara insanının can acısı vardı. Yüzbin yıl önceki insan da, yüzbin yıl sonraki insan da, duyduğu can acısıyla işte böyle bağırır olmalı. O kalabalıktan pekçoğu, adamın dilini bilmiyor, ama yine de dikkatle onu dinliyordu. Öyleyse dinledikleri anlam değil, sesti; acıyı; özlemi, tutkuyu dinliyorlardı. Arada kulak tırmalayan, arada yürek burkan bir ses... Kimileyin gürlercesine, kimileyin ağlamaktan kısılmış boğuk bir sesle, kısık sesi de çıkmayınca fısıldayarak, fısıldayamayınca dudaklarını kıpırdatarak anlatıyordu: "Tülsü seni seviyorum!"

Bunca insanın bu ilkel haykırmalara neden ilgi duyduğunu düşündüm. Yoksa kadın olsun erkek olsun, genç olsun, yaşlı olsun, bunların hepsi de "Tülsü seni seviyorum!" diye haykırmak istiyorlar da, bu yürekliliği gösteremeyince, kendilerini böyle haykıran adamın yerine mi koyuyorlardı? Belki de bu adam, ağlayarak, inleyerek, haykırarak, hepimizin yerine, Tülsü'yü sevdiğini ilan ediyordu.

Yığılıp kaldı. Önüne paralar bıraktılar. Kalabalık dağıldı. Bisüre öyle kaldı. Bu yaptığın oyun mu diye düşündüm. Bu alandaki göstericilerin hepsi gibi o da bir oyun mu oynuyordu? Biraz sonra toparlanıp kalktı. Beni gördü. Selamlaştık. Yerden paraları aldı.

- Haydi postaneye gidip Tülsü'ye telgraf çekelim... dedi.

Aynı gösteriyi yineleyip yinelemeyeceğini sordum. Hayır, ancak bikez yapabiliyordu.

- Hergün aynı sözleri mi söylüyorsunuz? dedim.

- Hayır, dedi, ben oyuncu değilim ki... Her an yaşam değişiyor çünkü, ses ve söz de zamana göre değişiyor.

Bir postaneye gittik. Yaşından umulmayan dinç adımlarla basamakları atlayarak çıktı. Büyük salonda telgrafını yazmak için masalarda boş yer arandı.

Ben yanıbaşındaydım. "Seni seviyorum Tülsü" yazdığını okudum. O uydurma adres yazmaktaydı. Telgraf gişesindeki bir memurun, yanındaki memura onu gösterip alaylı alaylı bişeyler söylediğini gördüm. Demek, onu burda tanıyorlardı. Ama telgrafını almazlık etmediler.

Postaneden çıktık.

- Şimdi kentin başka postanelerinden de Tülsü'ye telgraf çekip bu kentten ayrılacağım... dedi.

- Nereye gideceksiniz? dedim.

- Bilemiyorum, dedi. Tülsü'yü bulabileceğimi umduğum herhangi bir yere.

El sıkıştık, ayrıldık. Bisüre arkasından baktım. Epiy gittikten sonra, arkasından baktığımı anlamış gibi o da dönüp bana baktı, el salladı. Ben de el salladım.

Sonra o postaneye girdim. Gişeden bir telgraf kâğıdı alıp "Seni seviyorum Tülsü" diye yazdım. Kime gönderebilirdim bu telgrafı?

Sevgili V.D. birden sen geldin aklıma, senin adresini yazdım, telgrafı verdim gişedeki memura.

"Seni seviyorum Tülsü!"

Bişey anlamamışsındır telgrafımdan ve kimbilir nasıl şaşırmışsındır.

Bayramoğlu
19 Haziran 1984

GÜLMECE ÖYKÜLERİ

ALTI BEKÇİ ATLIKARINCADA

Alaturka prelüd

Yelleli yeeeeelelli.... lellelliii yellelli yeleli yeleli... yelelliii yeleliii... Yaaaaar yaaar... yelleliii yeleliiii yellelliiiii... lel lel lel liiiii...

Geri kalmış ülkede prolog

Benim memleketimde ancak zenginler çocukluklarını yaşayabilirler.

Benim memleketimde ancak zenginler, gençliklerini yaşayabilirler.

Benim memleketimde ancak zenginler, yaşlılıklarını yaşayabilirler.

Benim memleketimde... Yellelli yeleliiiii... Yellelli yaaaar yaaaaa...

Monolog

Yaşayamadığım çocukluğumun özlemi hâlâ içimde kıpırdaşır. Çocukluğumu hiç yaşayamadım. Hiçbir oyuncağım olmadı, ne oyuncak tirenlerim, otomobillerim, ne leğendeki suda işleyen oyuncak vapurlar... Mile oynayamadım, bitek zıpzıpım olmadı. Hiç uçurtma uçurtmadım. Hiç çember çevirmedim. Hiç salonum olmadı.

Annemle bir zengin evine bayram ziyaretine gitmiştik. Zengin çocuğunun bidolu, bidolu, biçok, biçok oyuncakları vardı. Raylar üstünde giden tirenine tirenine tirenine tireni tiren tir... dokunmak istedim. Elimi uzattım, Annem fısıldayarak payladı:

- Şışşt, bozarsın!

Çektim elimi...

Koro

Çocukken içimden hep derdim ki:

Büyüyünce zengin olacağım, çok, çok zengin... Zengin olunca da oyuncaklar, oyuncaklar alacağım kendime, bidolu, bidolu... biçok, biçok.... üüüüü, dünya kadar. Öyle çok oyuncaklarım olacak kiii, oyuncaklarlarlarlar...

Kocaman adamların oyuncaklarla oynamasını ayıplarlar. Onun için ben oyuncaklarımı bir odaya dolduracağım. Çalışmadığım, işe gitmediğim günler, geceleri oyuncak odama girip kapıyı arkadan kilitleyeceğim; oyuncaklarımla oynarken kimse görmesin de alay etmesin benimle... Tirenlerim olacak bidolu, kuracağım: Düüüütt!... Çih, çuf, çih, çuff, çihh çufff!..

Milelerim, cicozlarım, cinalilerim, gazozlarım... Renkli balonlarım, düdüklü balonlarım... Kağıt fenerlerim, fırıldaklarım...

Benim memleketimde Büyük Millet Meclisi'nin kuruluşu 23 Nisan Çocuk Bayramı'dır.

Birinci olay

Çocuk Bayramı günü evde oturmaktan canım sıkıldı. Akşama doğru çıktım evden. İskele Caddesi üstünde bir evde oturan doktor arkadaşıma gittim. O da sıkılmış evde oturmaktan. Geniş camlı pencereden sokağı seyrediyorduk. Aşağıdan arabalar geçiyordu. Birden arabalar arasında bir mavi balon çıktı ortaya; balon zıplaya zıplaya karşı yaya kaldırımına doğru gidiyordu. Yaya kaldırımı tenhaydı. Uzaktan bir kundura boyacısı geliyordu: Otuzbeş, kırk yaşlarında bir adam, sarkık bıyıklı, yalınayak, uzun saçları dağınık, yırtık pırtık gömlek giymiş... Boyacıyla balon arasında aşağı yukarı kırk adım var. Ağır ağır yürürken, yerde yuvarlanan balonu görünce, hemen sırtında asılı boya sandığını çıkardı, yere koydu, sonra koşarak balona gitti. Balonu aldı yerden, baktı. Sonra yaya kaldırımında balonla oynamaya başladı. Ama balonla ayaktopu oynuyordu. Balona ayağıyla vuruyor... Duvara çarpan balon geri geliyor. Havalandırıyor balonu, sonra zıplayıp kafa atıyor balona... Bir şut daha... bir kafa... çalım atıyor. Balon patlayıp söndü. Patlak balonu aldı, boya sandığının yanına gitti. Sandığı omuzladı. Balonun patlak parçalarını ağzında şişirmeye çalışarak yavaş yavaş geçip gitti önümüzden...

Doktor gülüyordu, ama nasıl, boğulacak gibi gülüyor... Gözlerinden yaşlar geliyor gülmekten.

- Ne gülüyorsun? diye soruyorum.

Cevap veremiyor gülmekten... Boğulacak, bayılacak diye korktum.

Koskocaman, bıyıklı adamın balonla oynamasına ben de gülmüştüm ama, onun kadar değil... Onun gülmesine bakıp ben de kendimi tutamadım; ikimiz karşılıklı gülüşüyoruz: Hahhah.. Hah... Hih... hah hih... hah hah... hihi... hoho!...

İkinci olay

Doktor anlatıyor:

Bursa'da, hastanede doktordum. Nöbetçi olduğum bir geceydi. Çok geç yatmıştım. Daha gün yeni ışırken kaldırdılar.

- Ne var?

- Altı hasta getirdiler Doktor Bey...

Giyinip gittim koğuşa. Bekçi elbiseli altı kişi, hiç arasız öğürüp duruyor. Uzun zamandır öğürüyor olmalılar ki, dermanları kalmamış, altısı da bitik...

- Neyiniz var? diyorum.

Öğürmekten cevap veremiyorlar. İlkin zehirlenmiş olmaları aklıma geldi. Kalaysız, bakır kapta yemek yedilerse zehirlenmişlerdir. Ama zehirlenmeye de pek benzemiyor, zehirlenme belirtisi yok... Bir öğürmedir gidiyor, kusmuyorlar...

Teskin edici iğne vurdum, altısı da kendinden geçti, uyuyakaldı.

Bekçilere ne olduğunu kimse bilmiyordu. Bir cankurtaran arabasıyla sabaha karşı polisler hastaneye getirip bırakmışlar.

Deliksiz onbeş saat uyuduktan sonra içlerinden biri uyandı, öbürleri daha geç uyandılar.

Bekçilerden biri anlatıyor

Lunapark var ya... Hani Vali konağının tam karşısında... Ben işte o Lunapark'ın olduğu yerlerin bekçisiyim... Üç yıl oldu bekçiliğe gireli.

Yaz geceleri Lunapark geceyarılarından sonraya kadar çalışır, sonra içerde kendi adamları vardır, yani çalışanlar, onlar kendi mallarını beklerler. Yani yazın benim işim daha kolaydır. Ama kışın öyle değil... Kışın zor. Çünkü kışın işlemez Lunapark. İçerde de bir sürü salıncak var, oyuncak var, atlıkarınca var, kayıksalıncağı var, dönmedolap var, pavyon var. Herbişey var... Bunlar hep size teslim, öyle ya... Çoluk çocuk takımı, serseri takımı, ipsiz sapsız takımı, bıraksak dolar Lunapark'a salıncaklara binerler, atlıkarıncaya binerler, herşeyi bozarlar. Bozmalarını da bırak, küçük çocuklar doluyor içeri, biri düşer allah korusun, bir kaza olur, ondan sonra hesap ver, al başına belayı... Yani kışın benim işim daha zor... üstelik bölgem, Vali konağının ta karşısı... Karakol da Lunapark'ın hemen yanında. O yüzden öteki bekçi arkadaşlar gibi kaytaramam da...

Yazın işim kolay olduktan başka keyifli ve de eğlencelidir. Çünkü Bey'im, lambalar ışıl ışıl yanar, dönmedolaplar döner, herkes salıncaklara biner, oynar güler... Kadını kızı var, çocuğu büyüğü var, iyidir yazın... Bizim memlekette böyle eğlence ney yok... Benim en çok o atlıkarınca hoşuma gider... Nasıl da döner fırfır... Pek keyifli canım. İçimden, şuna bir binsem derim... Hey Allah binsem ya, nasıl binsem?... Biz buranın bekçisiyiz... üstümüzde resmi devlet elbisesi... Hem de ayıp canım bu yaştan sonra... Gelir dinelirim atlıkarıncanın dibine, bakar dururum... Şuna bir binsem? Yalnız başıma kalsam bineceğim de... ama öteki bekçiler de dolar Lunapark'a geceleri... "Yahu", derim, "sizin burda işiniz ne? Gitseniz ya kendi mahallenize..." Giderler, aradan yarım saat geçmez, döner gelirler Lunapark'a. Bu bizim Aptullah var ya, hastaneye benimle gelenlerden, taa yukarı mahallenin bekçisidir, bir gece dedi ki: "Yahu" dedi, "şu fırfır dönen cenabete bir de biz binsek..." dedi.

Ben onların hepsinin dönmedolap için Lunapark'a geldiklerini zaten biliyorum. Yoksa kış gecesi fırın külhanında uyuklamak varken, Lunapark'ta işleri ne?

Bu Lunapark benden sorulur. Aptullah'a, "Ulan bıyıklarından utan, sen çocuk musun da atlıkarıncaya bineceksin?" dedim. Hemen ordan Ahmet, o da bizimle hastaneye yatanlardan, "Canım binsek ne olur ki..." dedi. Ötekiler de, "Bir binelim canım..." diye tutturdular. Allah'ın bildiğini kuldan ne saklamalı, ben onlardan çok istiyorum atlıkarıncaya binmeyi ama, hem utanıyorum, hem de buranın bekçisi olarak, bana "Olmaz" demek düşer...

İkinci bekçi anlatıyor

Doktor Bey, biz sonunda Lunapark bekçisi Arif'i kandırdık. "Hadi binelim... Yalnız polisler görürse yandık," dedi. Ben de, "Bineriz, bindikten sonra fırt fırt düdük öttürürüz ki, polisler nöbette olduğumuzu bilsin," dedim. Arif razı geldi ama, bekçiler atlıkarıncaya binmiş, diye duyulur korkusundan, "Arkadaşlar, bikez binelim, ama bir daha yok..." dedi. Ben hem binmek istiyorum, hem de korkuyorum. Çünkü dönmeye başladı mı, gayet yüksek havalanıyor. Biz atlıkarıncaya bindik. Binmesine bindik ya, yürütemiyoruz. Yahu bu meret nasıl gidecek? Yusuf var, bir arkadaş, o kadah uyanmadı, "Elle iteleyelim," dedi. Arif, esas Lunapark bekçisi olduğundan, o yazın atlıkarınca işlerken görmüş, onun için, "Bu elektrikle işler, bir düğmesi olacak ya, nerde bulamam gece karanlığında... Ben yarın gündüz gözüyle düğme yerini bulurum. Yarın gece bineriz." dedi.

Bir başka bekçi anlatıyor

O gece de Emniyet Müdürü'nün teftişe çıkacağını ben biliyorum. Ama Müdür Bey sabaha karşı teftişe çıkacak... Bazı bekçiler simitçi fırınında uyuyorlar diye şikayetler olmuş da, Müdür Bey bekçileri kollayacak... Biz, atlıkarıncaya binip, ondan sonra yerlerimize gideceğiz... Müdür Bey'in gelmesine daha çok var; teftişe yetişiriz. Arif, "Ben bunun düğmesini öğrendim. Düğmeye basıp, dönmeye başlar başlamaz koşup atlayacağım," dedi. İlkin biz bindik. Arif düğmeye basmasıyla dönmeye başladık. Arif de koştu, demir kutulardan birine atlayacak ama, dönerken atlayamadı, benim bindiğim kutuya tutundu. Elinden yakalayıp çekmesem, demire çarpıp yuvarlanacak... Çektim aldım içeri bunu... Başladık dönmeye... Bir de keyifli ki hiç sorma... Döndükçe dönüyor ve de hızlanıyor ve de hızlandıkça biz havaya yükseliyoruz...

Atlıkarıncayı bildin mi? ortada bir demir direk, direğe uzun zincirle bağlı demirden tekneler. Dönmeye başladı mı, zincirler havalanıyor ve tekneler yükseliyor... Biz teknelerde yükseldik, yükseldikçe hızlı dönüyor, hızlı döndükçe yükseliyor...

Bizim arkadaşlar gülmeye başladı kıkır kıkır... Yahu Vali'nin evi karşıda, karakol yanıbaşımızda, duyulacak... Velakin öyle bir iş ki, gülmemek mümkün değil, hep gülüyoruz... Gülüyoruz, fırfır dönüyoruz ve hızlana hızlana yükseliyoruz. Bi zaman böylecene havada döndük...

Başka bir bekçi anlatıyor

Derken Bey... Öyle hızlandık ki biz, tekneden fırlayıp uçacağız nerdeyse... Ben korkudan gülmeyi unutup, tekneye sıkıca yapıştım, başka çare yok. Ve birden aklım başıma gelip, "Ulan Arif, şunun hızını kes, uçacağız oğlum havaya..." dedim. Arif, "Nasıl hızı kesilir, ne bileyim ben?" demez mi? Tuu, hay Allah belanı versin... Ulan altı bekçi havada altı şahin olmuş uçuyoruz. "Ulan Arif, öyleyse durdur şunu da inelim..." diye bağırdım. Arif, "Yahu, bu nasıl durdurulur?" diye bağırmaz mı? Ocağın batsın Arif, ulan havada kaldık, ne olacak şimdi? Arkadaşlar, "Durdur..." diye bağırıyor. Arif, "Ben işletmesini öğrendim, durdurmasını öğrenmedim," diyor. Bey, bizim halimize bak, havada kaldık ve de uçar gibi vaziyette... "Ulan Arif, bunun düğmesi aşağıda kaldı oğlum, bunu durdurmanın mümkünü yok..." Benim başım dönmeye ve de gözlerim kararmaya başladı. Benim arkamdan uçan demir kutuda Aptullah var. Aptullah "Arkadaşlar, bunun makinesi elektrikle işler," dedi. Ulan elbet elektrikle işler, bunun canımızı kurtarmaya faydası ne? Demek herif dönerek uçmaktan aklını şaşırmış... "N'olacak elektrikle işlerse?" dedim. "Yani" dedi, "bir tek kurtuluşumuz var, hepimiz dua edelim ki şehrin umumi elektriği kesilsin, bu cenabet de dursun. Yoksa biz kıyamete dek havada dönüp duracağız..." demeye kalmadı, önümden bişey aşağı düşüyor... Aman nedir? Öndeki kusuyormuş... Benim de dönmekten midem bulanıyor, içim kabarıyor. Artık tutamadım kendimi, içimde ne varsa dışarı verdim. Kus ha kus, kus ha kus... Biz havada dönüp duruyoruz. Kim bağırdı fark edemedim, arkadaşlardan biri, "Hakkınızı helal edin!" dedi. Ben de kelime-i şehadet getirmeye başladım. Laf değil Bey'im, belki beş minare boyu havada jet hızıyla dönmedeyiz... Allah düşmanımın ayağını yerden kesmesin ve de hiçbir kulun altından yel esmesin; hiçbir belaya benzemiyor.

Birisi hem kusuyor hem de, "Hay bu makineyi icat edenin..." diye silme sıvama sövüyor. Kimdir bilemedim, birisi de, "Benzinle işleseydi ya, benzini biter, dururdu, biz de inerdik..." diyor... Bütün içim dışıma çıktı kusmaktan. Çıkaraca bişey kalmadığından içimde, barsağım, ciğerim sökülecek...

Arif, "Hep birden imdat diye bağıralım..." dedi. Bak şu akılsıza... Ulan, karşıda Vali'nin konağı, yanımızda karakol... İmdat diye bağırılır mı? Sus mus dedikse de, Arif, "İmdaaat..." diye bir nağra atmasıyla, sesi de kesildi, galiba bayılıp çöktü teknenin içine... onun arkasından Yusuf da düdük öttürmeye başladı, o da yuvarlandı teknenin içine... Karakoldan da polisler dışarı fırladı... Ve Lunapark'a doldularsa da, biz havada olduğumuzdan ve havaya bakmak akıllarına gelmediğinden, onlar da düdük öttürerek dönüp dolaşıp gittiler... Ne kadar zaman uçtuk, ne kadar zaman öğürdük, bilemiyorum, ben kendimi kaybetmişim, bir de gözümü açtım ki hastanedeyim. Hâlâ kendimi havadayım ve de uçmaktayım sanıyorum...

Doktor, sözünü bağlıyor

Sabaha karşı teftişe çıkan Emniyet Müdürü mahallelerde hiçbir bekçiyi bulamayınca küplere biner. Bulunmayan bekçilerin bağlı olduğu karakola giderken, gün ışımaktadır; bir de bakar ki, karakolun yanında havada bir acayip sesler... Karga sesi değil, ağaçkakan sesi değil... Bunlar ne kuşu, diye meraklanır. Bir de görsün ki, Lunapark'ın atlıkarıncası dönüp duruyor, kendinden geçmiş altı bekçi de durmadan öğürüyor. Kimin başı sarkmış, kiminin kolu, bacağı...

Epilog

Eve geldim. Bizim evdekilerin yüzünde acılı bir üzüntü....

- Ne oldu, biliyor musun?
- Ne var?
- Karşıdaki elektrik tellerine bir uçurtma takılmış... Bir çocuk

ağaca tırmanıp, uçurtmayı almak için, ağaçtan elektrik direğine geçerken... "Susun!" dedim.

Pencereden baktım. Kuyruğu elektrik tellerine dolanmış uçurtma, hâlâ rüzgârda pırpır edip duruyordu.

Koro

Çocukken içimden hep derdim ki: Uçurtmalarım olacak büyüyünce.

Bidolu, bidolu... biçok, biçok... uçurtmalarlarlar... üüüü, dünyalar kadarlarlarlar...

Final

Benim memleketimde ancak zenginler yaşayabilirler... Yellelli yelelelli, yeleleleliiiiii... Yeeeeeeeleleli...

DENİZ AYAK ALTINDA

İstanbul'un üç bir yanı deniz. Bu kadar da değil, İstanbul'un denizi, İstanbul karasının koynuna kol kol sokulmuş. Yine de böyleyken, İstanbul'da denize girmek, öbür dünyada cennete girmekten daha zor. İstanbul'un bir başından bir başına deniz kıyılarını bir takım insanlar satın almışlar. Denizin satın alınması akıl alır iş değildir. Denizi satın alanlar, dua edelim ki havayı da satın almamışlar. Denizle hava arasında büyük bir fark yok; onu da satın alıp bizi havasızlıktan boğmadıklarına şükür. Kavaklar'dan Çekmece'ye, Şile'den Pendik'e kadar şu güzel İstanbul kıyılarında bedava girilecek bir karışlık boş deniz kalmadığına bakarım da, denizin nasıl satın alındığına şaşarım.

Sekiz yıl Anadolu'da dolaştıktan sonra, sonunda İstanbul'a dönüyoruz, diye çoluk çocuk bizi bir sevinç almıştı. Bu anlattığım on yıl önce. İstanbul'a geldik, hiç olmazsa İstanbul'un tadını çıkaralım, deniz kıyısında bir ev tutalım, dedik. Ne mümkün... Deniz kıyısında bulamadık, denize yakın bir yer olsun dedik. O da olmadı... Aman, dedik, hiç olmazsa deniz gören bir yer olsun. Uzaktan denize bakarız da gönlümüz gözümüz açılır. Ne gezer... Denize uzaktan bile bakamıyoruz. Ara tara derken, Cihangir'de deniz görür bir apartman var, dediler. Apartman sahibi, daha bize katı göstermeden,

- İkiyüz lira, dedi.
- Aman...
- Amanı zamanı bu, isterseniz. İki oda, bir hol...
- Hem pahalı, hem küçük...
- Ama deniz görür beyim.

Tek denizi görelim diye, o zamanın parasıyla iki odaya ikiyüze peki, dedik. Adam bize katı göstermeye razı oldu. Apartman, dik Cihangir yamacına yapılmış. Kapıdan girince, bir kat merdivenle yerin altına indik. Allah Allah , bu nasıl iş... Bizim bildiğimiz deniz görmek için yukarı çıkıp bakılır. Böyle yerin dibine inilmez. İş bu kadarla da bitmezmiş. Bir kat merdiven daha yerin dibine ince, içimden, herhalde denizi, dibinden yukarı doğru seyredeceğiz, dedim. İki kat yerin dibine indik. Kapkaranlık bir yer. Ev sahibi çakmağını çaktı. Elektrik düğmesini buldu, çevirdi.

- Tuh, cereyan kesilmiş, dedi.

Çakmağın ışığında kapıyı açtı, içeri girdik. İçeri girince, bir alaca akşam aydınlığı gördük. Apartman bayıra yapıldığından, bir yanı yerin dibinde bir yanı yer üstündeydi.

- Siz ikinci kat demiştiniz?... Diye ev sahibine sordum.

- Evet, dedi, bunun altında iki kat daha vardır.

Evin dışarıya bakan üç penceresi var. Dikkatle üç pencereden de baktım, bikaç ağaçla duvardan başka bişey görünmüyor. Peki, deniz nerde?

Karıma,

- Bir de sen iyice bak. Ben deniz meniz göremiyorum, dedim.

Karım,

- Ben ne deniz görüyorum, ne de denize benzer birşey... dedi.

Ev sahibine,

- Beyefendi, dedim, siz deniz görür demiştiniz sanırım. Yoksa duvara deniz resmi asılıp da ona mı bakılacak?...

- Vay, ne demekmiş!... Evimden deniz görünmüyor mu?

Hani, nerdeyse, evime deniz görmüyor dediler diye bizi evine hakaretten mahkemeye verecek.

- Vallahi, affedersiniz, dedim, maksadım evinizi kötülemek değil... Ne ben, ne karım, denizi görebildik. Belki başkalarına deniz görünür. Bize görünmedi.

- Sandalye getirin! diye yukarıya seslendi. Hizmetçi bir sandalye getirdi.

Adam sandalyenin üstüne çıktı. Tıpkı, karayı görüp de, "Kara!..." diye bağıran Kristof Kolomb'un gemicisi gibi,

- İşte deniz!... diye bağırdı. İşte deniz, tabak gibi ayağınızın altında.

O indi, sandalyeye ben çıktım. Allah Allah!... Görünürlerde denize benzer bişey yok. Adama hayal mi görünüyor, deli mi, yoksa deniz var, deniz var diye, etki altında bırakıp bizi zorla denizi gördüğümüze inandıracak mı?

- Beyefendi, affedersiniz. Ben denizi tanırım. İstanbul'da doğup büyüdüm. Pencereden bakıyorum, bikaç parça mavilikten başka bişey yok. O da gökyüzünde olduğuna göre bulut olacak, dedim.

Adam,

- Boyunuz kaç? diye sordu.

Başka zaman olsa boyumu söylemem. Boş bulunup,

- Bir elli sekiz, dedim.

- Tamaaaam... dedi, boşuna değil... Ben de bu adam neden denizi görmüyor, gözlerine perde mi inmiş, diyordum. Şimdi neden denizi görmediğiniz anlaşıldı.

- Neden görmüyor muşum?

- Boyunuz yetişmiyor da ondan... Denizi görmek için, en aşağı bir yetmiş boy olmalı. Parmaklarınız üzerine kalkın bakalım.

Ayak parmaklarımın üstüne dikilip baktım, yine deniz yok.

- Zıplayın birazcık, o zaman görürsünüz.

Denizi göreceğim diye ha babam sandalyenin üstünde zıp zıp zıplıyorum. Nerdeyse başım tavana değecek. Yine denize benzer bişey yok.

Ev sahibi,

- Masa getirin! diye bağırdı, balkondaki küçük masayı...

Masa geldi. Adam masanın üstüne sandalyeyi koydu. Sandalyenin üstüne de ben çıktım.

- Şimdi ne görüyorsun? diye sordu.

Ben o sevinçle az kalsın, canbaz gibi çıktığım sandalyeden yuvarlanıyordum.

- Gördüüüüm, gördüm! diye bağırdım.

- Ne gördünüz?

- Denizi gördüm, denizi...

Karım,

- Aşkolsun, dedi, hayatını tehlikeye koyup masanın üstündeki sandalyeye çıktın ama, en sonunda da denizi gördün. Tebrik ederim. Denizin neresi görünüyor? Marmara tarafı mı, Boğaz tarafı mı?

- Hangi tarafın denizi olduğunu anlıyamadım. Şöyle bir karış kadar bir deniz gördüm.

Ev sahibi bu sözüme alındı:

- İstanbulluyum, diyorsunuz; sonra da daha denizi tanımıyorsunuz. Sizin gördüğünüz deniz Kızkulesi'nin ikiyüz metre kadar batısıyla, Sarayburnu arasında kalır.

Ev sahibinin, kapıcının, karımın yardımıyla sandalyeden indim.

- Ooooh, aman içim açıldı, dedim, deniz havası başka oluyor.

Karım çok şişman olduğu için,

- Ben sandalyeye çıkıp göremem, dedi.

- Masa, sandalye işi zor, dedim. Artık buraya taşınınca özel bir tertibat yaparız. Çıkırık gibi birşey...

Karım,

- İnsan denizi, evinde yattığı yerden görmeli... dedi.

Ev sahibi,

- Yattığınız yerden de deniz görünür dedi.

- Nasıl? Masanın, sandalyenin üstüne mi yatılacak?

- Hayır. Sizden önceki kiracılar, yattıkları yerden denizi çok rahat seyrediyorlardı. Hani denizaltıların periskobu vardır ya, öyle bir periskop tertibatı yapacaksınız. O zaman yere yatın, bacaklarınızı duvara dikin, rahat denizi seyredin.

- Periskop mu dediniz? Bu alet bulunur mu?

- Rica ederim. Uzun zaman İstanbul'dan ayrı kaldığınız belli. Şimdi İstanbul evlerinin yüzde sekseninde periskop var. Periskop bir ev için en gerekli eşya. Akşam evinize yorgun argın geldiniz mi, periskoptan denizi seyredersiniz, içiniz açılır.

- Beyefendi, bu eve yazık ediyorsunuz.

Ev sahibi şaşırdı?

- Neden?

- Bu kat ayda ikiyüz değil, en az günde ikiyüz lira getirir.

- Ne gibi?

- Ne gibi olacak. "Çok güzel deniz manzarası seyretmek isteyenlere fırsat. Saati ikibuçuk lira" diye gazetelere ilan verin. Kapıda bilet kesmeye yetişemezsiniz.

Az kalsın adamla döğüşecektik. Hemen dışarı çıktık. Merdivende karım,

- Denizi bir kerecik de ben görebilseydim, buraya kadar gelmişken... dedi.

SEYİS ATI

Bizim kuşağımız, Türk tarihinin en önemli bir dönemini yaşamak mutluluğuna erdi, ya da mutsuzluğuna uğradı. Bu, çok partili demokrasi dönemine girişimizdir. (Başyazı gibi kuru bir başlangıç. Böyle de hikaye olur mu?)

İşbu "Seyis Atı" adlı hikaye, işte böyle çok kuru ve sıkıcı bir önsözle başlar. Çünkü hikayenin yazarı, politikacılarımızın pekçoğu ile seyis atları arasında sıkı benzerlikler olduğuna inanmaktadır. (Vicdan hürriyeti varsa, inancıma saygı göstermek zorundasınız; size acıyorum.)

Çok partili döneme girdiğimiz 1945'ten bu yana gördüğüm politikacıları, ikiye ayırabilirim: Bayağı ata benzeyenlerle, seyis atına benzeyenler. (Bişeycikler demem, dilerim, politikacıların eline düşesin...)

Bildiğiniz gibi adına at denilen insanoğlunun ilk yoldaşı bu soylu hayvan, binicisinin isteğine göre yürür. Oysa seyis atları öyle değil. Önündeki at koşarsa, seyis atı da koşar, durursa seyis atı da durur. Sonra bu seyis atları, nalının izinden gideceği atı da seçmez; yeter ki önünde herhangi bir at olsun; al, doru, kula, kır, bakla kırı, demir kır, ne donda olursa olsun, ister akıtma'lı, ister seki'li, ister uyuntu sütçü beygiri, ister halis kan arap atı, bir at olsun da önünde, nasıl olursa olsun...

İsterseniz şimdilik politikacıların yakasını bırakalım da, seyis atının dizginlerini ele alalım.

Harp Okulu'na geçince, biriki binicilik dersi, bikaç binicilik dersi, bikaç binicilik taliminden sonra, sözüm ona at binmeyi öğrenmiş sayılıyorduk. Biz, İstanbul "Harbiye"sinin son öğrencileriydik.

Günün birinde "tatbikat var!" dediler. Bizi, iki tabura ayırdılar. Taburlardan biri "Kırmızı kuvvet", öbürü "Mavi kuvvet" oldu. Bu Kırmızı - Mavi çarpışmasını hiçbir zaman anlayamamışımdır.

Çünkü, her ne olursa olsun, tatbikatın sonunda mavi kuvvet ille de yendirilir. Oysa, mavi, güzel bir renktir. Acırım, mavinin yenilmesine... *(Burası hikayenin en şiirli yeridir, dalga geçmeyin rica ederim.)*

(Hikayenin ikinci basımına ektir. Eskiden manevra ve askeri tatbikatlarda, harp oyunlarında, biz kırmızı olurduk, düşman da mavi olurdu. Söylenilen doğruysa 1972'den sonra renkleri değiştirmişiz: Bizim kuvvetler mavi, düşman kuvvetleri kırmızı olmuş.)

Hiçbir tatbikatta mavilerin yendiği görülmemiştir. Çünkü, mavi düşmandır. Ben olsam, düşmanı yeşil yapardım. *(Nasıl beğendiniz mi, burda ideoloji var, çaktınız tabii...)*

Evet, mavi düşmandır. Düşmanın görevi de yenilmektir. Evdeki hesabın çarşıya uyduğu, yalnız bu kırmızı - mavi çarpışmasında görülür. *(Efendi, sen bu hikayeyi uzattın. Anlatacaksan, anlat şu seyis atını!)*

Başüstüne, anlatayım. Ben kırmızı kuvvetlerdendim. Hepimize, bir yanı kırmızı, bir yanı mavi birer bez şerit verdiler. Bu bez şeritleri, şapkalarımıza çepeçevre sarıp iğneledik. Biz kırmızı kuvvetten olduğumuzdan şapkalarımızdaki işaret bezimizin kırmızısı dışa dönüktü.

Beni, Kırmızı Kuvvet komutanının atlı habercisi yaptılar. Bu, herkesin arayıp da bulamadığı bir ödevdi. Arkadaşlarım, omuzlarında tüfek, teçhizat, yayan çalışacaklar, atlayacaklar, sıçrayacaklar, koşacaklar, saldıracaklar, çekilecekler, bense at üstünde... İşin hiç de böyle olmadığını, seyis atına binince anladım. Seyis atına binmektense, değil atlamak, sıçramak, kuş olup uçmak, balık olup yüzmek, çok daha kolaymış.

Şehir dışına çıktık. "Hürriyet-i Ebediye" tepesinin ilerlerine, açık araziye geldik. *(Zorunlu açıklama: Oraları eskiden açıklıktı; insanın az, şeytanın çok olduğu yerlerdi.)* Mavi ve kırmızı kuvvetler, yerlerini aldı. Ben, Kırmızı Kuvvet komutanının arkasındaydım. İkimiz de at üstünde olduğumuzdan oraya kadar hiçbir aksaklık olmadı. Altımdaki atı kendim sürüyorum sanıyordum. Oysa, benim bindiğim seyis atı, Binbaşı'nın atına uyar gidermiş. Gerçek hayatta da böyle olmaz mı? Olaylar gönlümüze göre gidince, onları biz böyle yürütüyoruz, sanırız. İnsanoğlunun mutluluk budalalığı işte... Ama olaylar bizim isteklerimize karşıt çıkınca, acı gerçek kafamıza dank eder. *(Dikkat: Kıssadan hisse. Bu da hikayenin felsefesi. İyi mi?)*

Kırmızı Kuvvet komutanı olan Binbaşı, benim çok sevdiğim, Avrupa'larda binicilik yarışlarında altın madalyalar, kupalar kazanmış ünlü bir süvariydi. Üstelik de sert mi sert... Yani, şapkasının kokartından çizmesinin ökçe demirine kadar tam bir binbaşı. Bikaç bin kişinin yüzdüğü, güneşlendiği bir plajda bu adamı mayolu olarak her kim görse,

- İşte bir Binbaşı!... der.

Durup duruyorduk. Altımdaki at birden hopladı. Ben eyerin üstünden, atın boynuna düştüm. Hemen hayvanın kulaklarına yapıştım. Bu hayvana ne oldu? Dizginleri çekmedim, baldırlamadım, gemi kasmadım. Ben hiçbişey yapmadım ama, önümdeki Binbaşı, atını mahmuzlamış. Onun atı koşunca, benim seyis atı durur mu?... Aman boş bulunmaya gelmez... At, beni sıçratıp duruyor. İyi ki usturuplu sıçrattı da boynundan hoplayıp apışım atın sağrısında yükseldi, kendimi yine eyerin üstünde buldum. Evet, eyerdeyim ama eyerin üstünde bitürlü duramıyorum. At beni sıçratıp sağrısına oturtuyor, sıçratıp boynunun üstüne atıyor; bir öne, bir geri, bir sağa, bir sola... Bunun en iyisi, düşüp de kurtulmak ama, o zaman da komutan habercisiz kalacak. Bağırsam, ayıp... Dizgine asılıyorum, eyerin ön hanesine yapışıyorum. Derken dizginler elimden kurtulmadı mı... Eyvah!.. Bir elimle atın yelesine yapıştım, yatıp abandım sırtına... Mevzilenen bölüklerden birinin de önüne geldik. Burda attan düşersem, arkadaşlara rezil olmak var. Artık emekli oluncaya kadar alay ederler... Ata yalvarıyorum:

- Yavrum... Gözünü seveyim... Yavaş ulan, yavaştan namussuz... Çüş, çüş be!.. N'olursun...

İnsafsız seyis atı merhamete gelmeyince:

- Allah! diyorum. Allah'ım, Allah'ım beni şunca arkadaşa rezil etme!..

Allah'a yalvarmaktan başka hiçbir çarem kalmamış; dizgin elden çıkmış, atta insaf kalmamış, başka ne yapılır?... Ata binmemiş olanlar bu zorluğu anlayamazlar. Oturak yerimi bitürlü eğerin üstünde tutamıyorum. At beni binici yerine koymuyor ki... Saman çuvalı gibi o yana bu yana fırlatıyor. Yine vicdanlı hayvanmış, kaldırıp yere çarpmıyor. Tam kayıp kayıp düşecekken, birden hoplatıp beni eyerin üstüne oturtuyor.

Felaketin büyüğü, Binbaşı atını durdurunca oldu. Çünkü onun atı durunca, benim seyis atı da, iki ön ayağını ileri dikip, çakılmış kazık gibi birdenbire zınk diye kakıldı. Ben artık kendi vücuduma sahip olamadım, atın üstünden havalandım. Hani, spor filmleri vardır, rölanti film çevrilir de atlet, yavaş yavaş havaya uçar ya, işte öyle... Ben uçtum, hayvanın boynunun üstünden, önümdeki Binbaşı'nın atının arka ayakları dibine düştüm. *(Siz şimdi beni, bu anlattıklarıma bakarak, hamhalat biri sanırsınız. Değil valla... İnanmazsanız arkadaşlarıma sorun. Ben o zaman, okulun piramit takımındaydım. Arkadaşlarımın kurduğu beş katlı piramidin tepesine hop diye fırlar da, orda ya amuda kalkar, ya da atlet fanelamdan bayrak çıkarırdım. Beğendiniz mi?)*

İlk işim, düştüğümü kimse gördü mü diye yanıma yöreme bakmak oldu. Gören yok, gülmüyorlar... Yerden fırlayıp, atın dizginlerine yapıştım. Başladım hayvanı sevip okşayıp yalvarmaya:

- Ooh benim canım... N'olur, yavaş...

Atladım sırtına. Binbaşı bölük komutanıyla konuştu, sonra atını sürdü. Onun atı fırlayınca, artık benimkini tutma... Benimseyis atı da ok gibi fırladı. Bu kez dizgin kayışlarına yapışmışım ki, kolum kopar da kayış elimden çıkmaz. Dizgini tutmak kolay, oturak yerimi eyerin üstünde tutamıyorum. At beni çalkalaya çalkalaya içimi dışıma çıkardı. Öldüm, bittim. Öbür bölüğün önünde Binbaşı atını yine durdurunca, benimki de zınk diye durdu. Bütün çabam boşa gitti, ben yine kendimi atın üstünde tutamadım. Havalandım, yere oturdum. Buna, oturma demek doğru değil. Çünkü insanlar başlarının üstünde oturmazlar. İnsanın oturma organı başı değil, başka yeridir. Dizgin kayışlarını elimden bırakmadığımdan, sanki yere atlamış gibi yaptım, atın üstüne sıçradım...

- Büyük Allah beni utandırma!

Binbaşı atı sürdü. Bu kez dörtnal, uçuyoruz. En rahatı dörtnal. Çünkü dörtnalda, benim gibi acemi binici çalkalanmıyor. İhtiyat bölüğünün önüne gelince, Binbaşı birden atını yine durdurdu. Ben yine uçtum ki, bu seferki uçuş, Hazret-i İsa uçuşu... Allah'ını seven beni tutmasın. Ben uça uça, doğruca... Nereye biliyor musunuz? Önümde, at üstünde duran Binbaşı'nın sırtına... Yeryüzünde bir insan için bundan büyük bir terslik olamaz. Şimdi, Binbaşı'nın atı üstünde iki kişiydik: Binbaşı ve habercisi... Belalar içinde, yine de insanoğlu bir avuntu bulabilmeli. Binbaşı'nın arkasına düştüm, ya önüne düşseydim...

Binbaşı başını çevirip:

- O ne? diye bağırdı.

Kendimi yere attım.

- Efendim... diye başlayıp bişeyler kekeledim. İyi ki Binbaşı üstelemedi.

Kendi atıma sıçradım. Binbaşı bana beşinci bölüğe söylenecek bir emir verdi. Atı beşinci bölüğün olduğu yere süreceğim. Baldırladım, gitmez. Topuklarımı karnına vurdum, gitmez. Önümdeki Binbaşı'nın atı yürümeyince benim seyis atı kıpırdamıyor. Binbaşı atını başka yere sürünce benimki de arkasından yürüdü. Binbaşı sert,

- Ben sana ne dedim? dedi.

Sesimi çıkarmadım.

- Ben sana "Beşinci bölüğe git..." demedim mi?

Yine sesimi çıkarmadım.

- Ne duruyorsun?

Ben mi duruyorum, at duruyor. Ama bunu Binbaşı'ya nasıl anlatırsın?

Binbaşı kızdı:

- Çekil, çekil!.. diye bağırdı. Senin gibi haberci istemiyorum, defol!..

Nasıl defolayım, anlamıyorum ki... Binbaşı'nın atının arkasından benim at tırıs tırıs gidiyor. Hayvanın başını çevirmek için dizginlere nasıl var gücümle asılıyorum, atoğlu at bana mısın demiyor.

- Git oğlum, git başımdan... Git be... Bela mısın yahu?... Deföl...

- Efendim... at gitmiyor... ben gideceğim ama... at... bu hayvan...

Binbaşı'nın kızgın suratı yumuşadı. Güldüğünü belli etmemek için, başını çevirdi.

- İn attan! dedi.

Attan ineceğim sırada karşıdan iki atlı kopmuş bize doğru geliyor. Benim at, o iki atı görünce daha durur mu? Bir parladı, haydi o iki atın arkasından... nasıl bir felaket, nasıl bir bela... Benim artık bütün çabam, attan düşmemek. Öyle uçuyoruz ki düşersem parça

parça olacağım. Evet, sonunda düştüm de... Hem bu kez, sol ayağımı da üzengi demirinden çıkaramadığımdan, yerde sürükleniyorum. Ölebilirdim. Ölmedimse, önde giden iki atın durmalarından. onlar durunca, benim seyis atım da durdu. Sürüklene sürüklene ölmekten kurtuldum. Pantolonumun sol dizkapağı boydan boya yırtılmış, dizimden şakır şakır kanlar akıyor.

Attan inen subaylar, atlarını seyise verdiler. Ben de atıma atladım. Yine atım, kulakları düşük, yürümeye başladı. Ödüm patlıyor, sağdan soldan koşan bir at çıkacak diye... Çünkü benimki de onların ardına takılacak. Öyle de oldu. Benim atım, o gün önünde koşan hangi at gördüyse, onun ardına takıldı. Ben o seyis atının sırtında, tatbikat alanında ordan oraya, ordan oraya gittim geldim. Altımdaki at, beni ordan oraya koşturuyordu. Nasıl olduysa düşman olan Mavi kuvvetlerin içine düştüm. Hemen şapkamdaki işaret bezini ters çevirip, mavisini dışa getirerek esir olmaktan kurtuldum.

Yine başka atın arkasından rüzgâr gibi koşan atım, az kalsın beni bir ağacın dalına asılı bırakacaktı. Dal, başımdan şapkayı sıyırıp attı. Şapkasız da kaldım. Yüzüm, çarpan dallardan çizik içinde...

Ve sonunda, dörtnal uçan atım, yine böyle karşıdan koşan bir atla çarpıştı. Gözümde şimşekler çaktı, bir süre kendime gelemedim. Kendime geldiğim zaman, yine at üstündeydim, ama beyaz bir atın... Anlaşılan o çarpışmada, nasıl olmuşsa biz atları değişmişiz. Çarpışınca ben atımın üstünden fırlayıp, öbür atın üstüne çıkmışım. Bana çarpanın ve benim indiğim atın ne olduğunu bilmiyorum.

Altımdaki beyaz at, iyi bir attı. İstediğim yere götürebiliyordum. Demek, seyis atı değil!..

Yanımı yönümü şaşırmışım, dağ bayır gidiyorum. Ama perişanım. Sağ ayağımdaki tozluk yok, düşmüş. Bir birliğin içine daldım. Bir Yüzbaşı:

- Buraya gel! dedi.

Attan indim. Selam verdim. Ama başımda şapka yok. Sağ ayağımda tozluk yok. Kayış da düşmüş, pantalon belimden sarkmış. Pantalonun sol dizi boydan boya yırtık, kan içinde... Yüzümün çiziklerinden kan akıyor.

Yüzbaşı:

- Bu ne? dedi, ne oldu sana?

Ne diyeyim? Yüzbaşı'nın arkasında bütün arkadaşlar... Üzüntümü anlayabilmeniz için, benim o zamanki niyetimi bilmelisiniz. Ben general olacağım, general...

- Efendim, dedim, düşman içine düştüm. Esir edeceklerdi. Kaçarken böyle oldum işte...

- Senin işin ne?

- Haberciyim. Size Binbaşı'nın emrini getirdim.

Binbaşı'nın verdiği emri söyledim. Ama kime biliyor musunuz? Mavi kuvvetlere. Çünkü ben kırmızı kuvvetlerdendim. Kırmızı kuvvet komutanının emrini, şaşkınlıktan Mavi kuvvetlere söylemiştim.

Bu yanlışlıktan sonra, bütün işler, birlikler, emirler birbirine karıştı. Ama sonunda her zamanki gibi Kırmızı kuvvet, yani biz galip geldik.

Şimdi, neden bitakım politikacıları seyis atına benzettiğimi anlamışsınızdır. Çünkü bunlar, kendi kendilerine yürüyemezler, koşamazlar; ille önlerinde, gölgelerinden gidecekleri başka bir politikacı bulunacak...

DONLA ŞAKA OLMAZ

Bilirsiniz; yatılı okullarda "bekâr" var, "evci" var. Evciler, cumartesi geceleri evlerinde kalırlar, bekârlar da bütün ders yılı gecelerini okulda geçirirler.

Süvari Selahattin, benim gibi bekârlardan. Bir pazar akşamı, koğuşta her zamanki gibi yıkanmış çamaşırlarımız dağıtılıyor.

Koğuş kıdemlisi:

- Herkes çamaşırını gelip alsın! diye bağırdı.

Kirli çamaşırlarımızı verip, yıkanmış çamaşırlarımızı alıyoruz. Çamaşırlar karışmasın diye, herkes kendi çamaşırına ya boyası çıkmaz kalemle numarasını yazıyor, ya siyah iplikle adını işliyor.

Herkesin sinirlendiği bir iş vardır ya... Bu Süvari Selahattin'in de sinirine giden iş, çamaşıra numara yazmak. Yazmaz. Sırtından kirlileri çıkarır, atar. Yıkanmış çamaşırlar dağıtılırken de yerinden kalkmaz. Herkes kendi işaretli çamaşırını alınca,

- Geriye kalanlar da benim! diye gider, her ne kalmışsa, onları toparlar alır.

Çapaçulluk işte, başka hiçbişey değil.

Kimileyin, yıkanmış çamaşır dağıtımında, geriye çamaşır artmadığı için, bişey alamaz. Kimileyin de eli kolu çamaşırla döner. Ama bunlar kendisinin mi, değil mi, belirsiz. Bir sürü, işaretsiz çamaşır...

Toparladığı çamaşırlara bakar, şaşar:

- Yahu benim böyle gömleğim yoktu be!...

O pazar akşamı, yıkanmış çamaşırlar dağıtılırken yine en son o gitti. Eli boş döndü.

- Mendil bile kalmamış! dedi.
- Temiz çamaşırın yok mu?
- Var ama, yalnız don yok...
- Ben sana bir don vereyim... dedim.
- Seninki bana olmaz... dedi.

Bu süvarilikte de donla pantolon çok önemli. Don ve pantolon ısmarlama yapılmış gibi, süvarinin bacaklarını sıkı sıkı saracak. Biniciler bilir, donla pantolon bacağa oturmazsa, iyi at binilemez. hele o süratli at gidişinde, kaynak yaparken bol gelen donun paçaları sıyrılır, sıyrılır, kıvrılır, toparlanır, yukarı çıkar, tomtopak bişey olur. Bu da biniciyi tedirgin eder. Ne kadar uğraşıp pantolonunun üstünden donun paçalarını aşağı çeksen, o yine toparlanır, yukarı çıkar. Don dar olsa, sıkar, bol olsa tomtopak büzülür. Onun için süvarinin donu, pantolonu tam ölçüsünde olacak.

Selahattin düşünmeye başladı. Ertesi gün de, bir general teftişe gelip, süvarileri manej taliminde görecek. Asıl üzüntüsü bundan... Selahattin mesleğine de tutkun. Don yüzünden bir başarısızlığa uğramak istemiyor.

Birlikte düşündük, taşındık. Aklıma, Cemal geldi. Cemal, tam Selahattin'in boyunda posunda. İkisinin çamaşırı birbirine uyar. Selahattin:

- Cemal vermez... dedi.

- Yahu bir dondan ne çıkar, bir günlüğüne don verecek...

Cemal de dünyanın en titiz çocuğu. Günde belki yirmi kez elini yıkar. Gıcır gıcır çamaşırlarında bitek leke yok. Üstelik de cimri mi cimri... Evet, kendi donunu başkasına vermez.

- Ne yapacaksın?

- Valla bilmem, felaket...

Bunların bir de binicilik hocaları var, Yarbay, çok sinirli bir adam. Sınıf arkadaşları çoktan general olan bu sinirli Yarbay, at diye, binicilik diye ölüyor. Binicilik yüzünden, vücudunda iki üç yerinden kırılmamış tek kemiği yok. Bacak, kol, kaburga, bütün kemikleri kırık. Yürürken bile bu kırık kemikleri çıtır çıtır çıtırdar. Yarbay'ın bütün merakı at terbiyesi... Altındaki ata rumba oynatır. Atla bir konuşmadığı kalmış.

Bu Yarbay, teftişe gelen General'e öğrencilerinin bütün hünerlerini gösterecek. Başarılı öğrencisi olduğu için, Selahattin'i de çok seviyor.

- Ne yapacağız?

- Cemal'den isteriz bikez...

Selahattin, hem Yarbay'ı General'e karşı mahcup etmekten, hem de kendisi Yarbay'a mahcup olmaktan korkuyor.

Cemal'e gidip söyledik. Cemal:

- Kardeşim, don da verilir mi yahu? dedi.

- Ne olur be?

- Ne oluru var mı? Senin giydiğin donu, sonra ben ne yapayım?

Dayanamadım:

- Mendil yap... dedim.

- Valla olmaz. Darılmayın çocuklar. Başka şey olsa vereyim. Ama donumu veremem...

- Yahu, bir teftişlik be....

- Olmaz kardeşim. Terletir be... Ata binecek birader. Terden ne olur don...

- Yıkatırsın...

- Çıkar mı kardeşim, süvari teri...

- Sat öyleyse... Kaç paraysa verelim.

Satamıyor da. Arkadaşına kullanılmış don satıyor, diye adı çıkacak.

- Darılmayın, donumu veremem. Başka şey olsa...

Cemal'in suratına baktım:

- Ama sen zararlı çıkarsın... dedim.

Galiba ne demek istediğimi anladı.

Son derste, herkes derslikteyken, biz Selahattin'le koğuşa gittik. Cemal'in dolabını açtık. Çamaşırları bohçada duruyor. Bohçayı açtık. Bitek don var. Başka hiçbişey yok. Lastikli değil, belden düğmeli don. Donu aldı Selahattin. Bir kağıda, bir atbaşı resmi yaptım. Altına da "Altın nal çetesi" yazdım. Kâğıdı bohçaya koydum.

Güzellikle olmazsa böyle olur!

Ertesi gün baktım, Cemal hiç oralı değil. Demek dolabından donunu aldığımızdan haberi yok, bohçasını açmamış.

Süvariler sabah erkenden Ayazağa'ya gittiler. Kapalı manejde teftiş verecekler. Biz piyadeler de "Hürriyet-i Ebediye" tepesine tatbikata gittik.

Akşam okula döndük. Süvariler daha gelmemiş. Biz yemekhanedeyken süvariler geldi. Biraz sonra, yemekhanenin öbür başında bir kapışma oldu. Selahattin'in sesini duydum:

- Söyle, kimin donuydu?...

Cemal'in kafasına fasulye karavanasını geçirmiş, bağırıyor:

- Söyle kimin donuydu?...

Cemal'i elinden zorla aldık.

- Ne oldu yahu?

Selahattin anlattı:

- O düğmeli donu sabahleyin ayağıma giydim. At binip Ayazağa'ya gittik. Yolda fark etmedim. Maneje girdik. General de geldi. Yarbay barut gibi... Süratliyle giderken, donun paçaları toparlanmaya başladı. Hay Allah... Tomtop oldu birader, bacaklarımın arasına girdi. Yarbay bizi attan atlatmadı mı? İndik, atlar yanımızda dörtnala geçerken sıçrayarak at bineceğiz. Ben attan aşağı sıçrarken donun belindeki düğmeler kopmaz mı! Don indi bacaklarıma kardeşim... Benim at yanıma geldi. Sıçrayacağım üstüne, bacaklarımı açamıyorum ki... Herkes at bindi, gitti. Ben kaldım. Hırsından Yarbay'ın kemikleri çıtırdamaya başladı. Atlar manej yerini bir daha dönüp yanıma geldi. Bir hamle ettim, bacağımı açamam. Bacaklarıma dolanıp sarılmış olan donu bitürlü yukarı çekemiyorum ki kardeşim... Rezil oldum. Baktım olmayacak, atın yanımdan üçüncü geçişinde, bacaklarımı açmadan kendimi top gibi fırlattım. Gelgelelim, bacaklarımı açamadığımdan atın üstünde duramadım, üstünden aşıp, öbür yana düştüm. Gözüm benim atta. At bir daha yanımdan geçerken, kendimi bir daha fırlattım, hop öbür yana... Kendimi fırlatıp atıyorum. Parçalanacağım. General acıdı:

- Ne oluyor bu delikanlıya Yarbay'ım? dedi.

Ben var gücümle bacaklarımı havada makaslayınca, don korkunç bir cayırtı çıkararak ikiye ayrıldı. Ben de eyerin üstüne oturdum. Bu kez de, eyer üstünde inip kalktıkça don büzülür, büzülür, yukarı sıyrılır. Donun ağı da kalmadığından daha beter topak oluyor. Çıldıracağım arkadaşlar. Bereket versin, pantolonumun cebi her zaman deliktir de, elimi delikten sokup, donu parça parça koparmaya başladım. Donu parça parça koparıp parçaları cebime dolduruyordum. Bacağımın arasında kalan son parçayı çıkarmak için elimi soktum. Arkamdan Necmi:

- Ne yapıyorsun? dedi.

- Ne yapıyorum?

- Dönüp baksana!...

Bir de baktım, manej yeri, konfeti serpilmiş gibi beyaz bez parçalarıyla dolmuş. Havada bez parçaları uçuşuyor. Bende akıl mı kalmış kardeşim. Kopardığım don parçalarını cebime koyuyorum diye, havaya serpiyormuşum. Rezil oldum.

Cemal öteden:

- Tabi, dedi, donumu çalacağınızı anlamıştım. Ben de bütün çamaşırlarımı kaldırdım dolaptan. Patates Necmi'nin donunu bohçaya koydum.

Patates Necmi, Selahattin'in iki iriliğindeydi. Patates Necmi bunu duyar duymaz:

- Vay, benim donum mu? diye bağırdı.

Sonra üçü birbirinin üstüne atılıp boğuşmaya başladılar.

Biz de arkadaşlık görevimizi yerine getirip, hep bir ağızdan.

- Vur! Vur! Vur!... diye bağırıyorduk.

GARBA AÇILAN PENCERE

Biz artık buna alıştık; tanınmış bir gazeteci, bir yazar, bir politikacıyla, bir yönetmenle birlikte bir geziye çıkmışsa, uğradıkları yerlerde o politikacı, o yönetmen nutuk çekmişse, gezi dönüşünde yazar herkese şöyle der:

- O nutku ben hazırlamıştım.

Öyle nutuklar dinlemişizdir ki, sonradan söylenilenlere inanmak gerekirse, o nutku, beş kişi, on kişi yazmış olduklarını iddia etmişlerdir. Hiç değilse, yazılmış olan nutku düzeltmişlerdir. Böylece, bizdeki siyasi nutukların çoğunun neden saçmasapan olduğu daha iyi anlaşılır.

Onun için politikacılar geziye çıkarlarken, en iyisi, dalkavuklarına güvenseler bile, yanlarına gazeteci yazarlardan hiçbirini almamalıdırlar. Çünkü bunlar, onbinlerce kişi önünde politikacının coşkuyla oracıkta ezbere söyleyiverdiği nutku bile,

- Ben yazmıştım! diye sonradan övünürler.

Orada bulunanlardan daha kırkına varmamış bir gazeteci,

- Ben de çok nutuk yazmıştım zamanında, dedi, yazdığım nutuklarla milletvekili seçtirdiklerim bile vardır. İlk nutkumu ondokuz yaşımdayken Müftü için yazmıştım.

Bu girişten sonra nutuk hikayesini anlatmaya başladı:

- Bizim orası küçük yer, taşra ili... Küçük yerde büyük görünmek kolay oluyor. Ben de daha lisenin onuncu sınıfındayken, ilin tek gazetesine başyazılar yazmaya başlamıştım. Herkes "Kalemi kuvvetli maşallah" diyordu.

Liseyi bitirdiğim yıldı. Bizim ile demiryolu ulaştı. İlk tren gelecek. Herkeste bir hazırlık, bir hazırlık...

Müftü Efendi bizim uzaktan akrabamız olur. Bana bir haber gönderdi: "Aman bir nutuk yazsın, trenin geldiği gün okuyacağım..."

Müftü Efendi çok sayılan bir bilgin kişi. Çocukluğumuzdan beri büyük, küçük hep böyle duymuşuz. Bize göre, Müftü Efendi'nin bilmediği hiçbişey yok. Gencimiz, yaşlımız buna inanmışız. Sanırım, Müftü Efendi o zaman yetmişini geçkindi. Bembeyaz uzun sakalı vardı. Evinden pek seyrek çıkardı. Böylece ağzından dökülen her hece, ayrı bir değer kazanırdı. Biz onun çok derin bilgisini, bu susuşundan çıkarıyorduk.

En çok bildiği tarih, bizim ilin tarihiydi. Bütün il sınırları içinde geçmiş olayları bilirdi. Şu evde kimler yaşamış, neler yapmışlar, eski yangınları, Bizanslılar zamanını, İslam ordusunun bu kenti zaptını, herşeyi, herşeyi bilirdi.

Bütün kent halkı Müftü Efendi'yle övünürdük. Vali, Belediye Başkanı filan, bunların hepsi Müftü Efendi'den çok sonra gelirdi. Büyüklerden biri şehrimize gelse, hemen ziyaretine gider, Müftü Efendi'nin elini öperdi.

İşte bu denli önemli kişi olan Müftü Efendi'nin, şehrimize ilk trenin gelişi günü yapılacak törende bir nutuk söylemesi gerekiyordu. O da bu çok önemli nutku yazma görevini bana vermişti. Bu işin ağırlığı altında ezildim. O yaşta, İstanbul, Ankara gibi büyük şehirleri bile daha görmemişim. İlk trenin gelişinde neler söylemenin gerekli olduğunu bilmiyordum. Bütün bilgim, okuduğum bikaç kitaptan, gazete ve dergi yazılarından geliyor. Çok sıkı çalışarak üç günde, bir nutuk hazırladım. Müftü Efendi'ye amcamla gönderdim.

Trenin ilk gelişi günü büyük tören yapıldı. Bütün şehir halkı istasyona yığıldı. Lokomotif geldi. Kurbanlar kesildi. Önce Vali bir nutuk söyledi, arkadan Müftü Efendi... Ben, Müftü Efendi'den daha heyecanlıydım. Nutkun hâlâ aklımda kalan parçaları aşağı yukarı şunlar:

"Tren, garba açılan bir penceredir. Bu pencereden ziya girecek, yalnız ziya değil başka şeyler de girecek. Medeniyet, tekerleklerin üstüne binerek bize kadar geldi. Tekerlek ne demektir? Tekerlek, medeniyetin ayağıdır. Tekerlek olmasaydı, dünyada hiçbirimiz olamazdık. Biz bugün tekerleklerin sayesinde ilerliyoruz. Şu tünele, şu dağların içine açılmış deliklere bakınız. Şu gördüğünüz delikten neler doğacak neler. Nurlu istikbal bizimdir.

Bu bir hazinedir. Eline geçirdiğin bu hazineyi iyi kullan hemşehri! İyi kullanırsan, çok para kazanırsın, zengin olursun, itibarın artar.

Tekerlekler, raylar üzerinde kayacak. İşler eskisi gibi zor değil. Her seferi seni zengin edecek hemşehri! Kaç sefer olursa o kadar kârlısın.

İş yol açılıncaya kadardı. Bir kere yol açıldı ya, artık bütün hemşehrilerimiz bu yolun üstünden kolaylıkla gidip gelecektir. Mallarımızın değeri artacaktır. Sen de malının değerini, kadrini bil!..

Cumhuriyet sayesinde önümüze gelen bu malın kıymetini bilelim; binerken, üstüne basarken, içine girerken titremeliyiz. Dikkatli binmezsek bozulur, sonra bizden başkaları kullanamaz. Elin, yabancının malı değil ki hor kullanalım. Kendi malımız, bütün hemşehrilerimizin. Hepimizin ortak malımız..."

Ondokuz yaşında, taşra lisesini yeni bitirmiş bir genç başka ne yazabilir, işte böyle şeyler...

Müftü Efendi'nin nutku, umulandan da çok alkışlandı. Öbür nutukların hiçbiri, Müftü'nün nutkunun etkisini yapmadı. Alkış kıyamet... Herkes "Bizim Müftü gerçekten derin hoca..." demeye başladı. Doğrusu, Müftü Efendi de nutku hem iyi ezberlemiş, hem de güzel, heyecanlı söyledi.

O günden sonra, nerede bir tören, bir toplantı olsa, Müftü Efendiyi nutuk söylemeye çağırdılar. Müftü Efendi de her gittiği yerde hep o nutku tekrarlayıp durdu. Yalnız nutkun içinden "tren" kelimesini çıkarıyor, geri kalanlarını olduğu gibi söylüyordu. Nutuk herkese o denli güzel geldi ki, hiçbirimiz nutku tekrar tekrar dinlemekten bıkıp usanmıyorduk. Cumhuriyet Bayramı'nda, bir kereste fabrikasının açılışında, büyüklerden birinin şehre gelişinde, hep bu nutuk söylendi.

Ziya adında bir akrabamız var, babası çok zengin. Bunlar İstanbul'dan bir gelin getirdiler. Görülmemiş, duyulmamış bir düğün yapıldı. Düğün ziyafetine; şehrin bütün ileri gelenleri çağrıldı. Biz de gittik. Aile çok mutaassıp, ama son derece mutaassıp... Kadınlarla erkekler ayrı odalarda yemek yiyoruz. Ne de olsa gelin İstanbullu olduğundan, yemekten sonra kadın erkek hep bir araya toplanıldı. Müftü Efendi'ye konuşması için rica edildi. Doğrusu, Müftü Efendi konuşmak istemedi. Ama öyle zorladılar ki, adamcağız konuşmak zorunda kaldı. Ayağa kalktı, başladı konuşmaya:

"Muhterem hemşehrilerim!
Yeni kurulan bu yuva, garba açılan bir penceredir."

Daha nutkun başında bir hoşnutsuzluk mırıltısı başladı. Ailenin pencereye, hele garba açılan pencereye benzetilmesi, bizim mutaassıp çevremizin insanlarını sinirlendirdi. Müftü Efendi gelini göstererek devam etti:

"Bu pencereden ziya girecek, yalnız ziya değil, başka şeyler de girecek..."

Zaten İstanbul'dan kız aldığı için yayılan dedikodulardan sinirli olan damat Ziya'nın kaşı, gözü oynamaya başladı. Ziya'nın elleri titriyordu. Müftü Efendi devam etti:

"Medeniyet, nur gibi medeniyet, tekerleklerin üstüne binerek bize kadar geldi. Onu hepimiz kucaklayıp bağrımıza basacağız. Çünkü o hepimizindir."

Sinirli, kızgın öksürüklerle nutuk kesiliyordu.

"İşte karşınızda tekerlek! Tekerlek ne demektir? Tekerlek olmasaydı, dünyada hiçbirimiz olamazdık. Tekerlek medeniyettir. Biz bugün tekerleğe, medeniyetin tekerleğine kavuştuk."

Damat Ziya elini arka cebine attı. Bir cinayet olabilirdi. Bu gergin havada Müftü Efendi, nutkuna devam etti:

"Şu tünele bakınız! Bu delikten neler doğacak, neler! Nurlu istikbal bizimdir."

Yer yer yükselen mırıltıları, her zamanki gibi başarısının sesli gösterisi sanan Müftü Efendi, damat Ziya'ya dönerek şöyle dedi:

"Bu bir hazinedir! Eline geçirdiğin bu hazineyi iyi kullan hemşehri! İyi kullanırsan çok para kazanırsın, zengin olursun, memlekette itibarın artar. İşler eskisi gibi zor değil artık. Her seferi seni zengin edecek. Kaç sefer olursa o kadar kârlısın genç hemşehri!..."

Arkadaşları, damadın elini tutmasalar, kan dökülecekti. Kayınpeder, Müftü Efendi'nin kulağına bişeyler söyledi. Müftü Efendi, başını salladı, nutkuna devam etti:

"İş, bir kere yol açılıncaya kadardır. Yol açıldı ya, herkes rahat rahat gidip gelecek. Arkadaş, cumhuriyetimizin sayesinde sahip olduğumuz bu kıymetli malın değerini bilelim; binerken, üstüne basarken, içine girerken titremeliyiz. Dikkatli binmezsek, çabucak bozulur, başkaları istifade edemez. yabancının malı değil ki, hor kullanalım. Kendi malımız!.."

Arkadaşları dışarı çıkardıkları için, damat Müftü Efendi'nin sözlerinin sonunu duymamıştı. Nutuktan sonra bir soğuk hava esti. Müftü Efendi, neden alkışlanmadığına çok şaştı. Ziyafet dağıldı.

Üç gün sonra da Ziya, İstanbul'dan getirdiği güzel gelini geri gönderdi. Boşandılar.

NASIL YAZIYORMUŞUM?

Bir mektup aldım, yalnız bana değil, birçok yazarlara gönderilmiş. Şöyle başlıyor mektup:

"Bilirsiniz, okurlar, yazıları ve yapıtları ötesinde, yazarları merak ederler."

Mektubu yazan bana, "Bilirsiniz" diyor ama, doğrusu ya bilmiyorum; gerçekten okurlar, yazarları "yazılarının ve yapıtlarının ötesinde" merak ederler mi?

Mektubu okuyalım:

"Okurların en çok merak ettikleri özelliklerden biri de, yazarların yazılarını nasıl, hangi ortamda yazdıklarıdır."

Haaa, şimdi anlar gibi oluyorum okurların neyi merak ettiklerini. Doğrudur, okurlar bunları merak ederler. Çünkü, anormal, olağanüstü, sürprizli, şaşırtıcı durumlar bekler, daha doğrusu içlerinden böyle olmasını isterler.

Şimdi mektuptaki sorulara geçelim ve cevaplarımızı verelim.

Soru - Hangi ortamda yazarsınız?

Cevap - "Bu ortam, yazacağım yazı türüne göre değişir. Çok ciddi bir yazı yazacaksam, odamın kapısını ve pencerelerini sımsıkı kapatırım. Masamda bir iskelet kafası vardır. Masa lambamı, bu iskelet kafasını aydınlatacak biçime getiririm. Konu üstünde yoğunlaşabilmem için, evde ölü sessizliği olması gerekir. Bu derin sessizlik içinde sürekli olarak, biyandan da müzik çalınmalıdır. Brahms, Bach, Bethoven'in, yani adlarının başında "B" olan üç büyük "B"lerin eserlerini dinlerim. Dikkatimin uyanık olması için odanın ısısı onaltı dereceyi geçmemelidir. Bunun için yaz aylarında ciddi yazılar yazamam, yazmaya kalkarsam, sıcaktan yazılarım mizahi olur.

Milli eserleri de yine bu atmosfer içinde yazarım. Yalnız, yazımın milli olması için, masamda buzlu rakıyla sakız leblebisi bulunmalıdır. Yazıyı yazarken zora geldikçe rakı içerek kafamı bulurum. Yazımın evrensel bir düzeye ulaşması için, viskiyle votkayı karıştırıp yaptığım ve adını koegzistans koyduğum içkiden içerim.

Romantik ve lirik yazılar yazmak için dağbaşlarında yada deniz ve göl kıyılarındaki otellere çekilirim. Buralarını sessizlik için değil, otel odalarının anahtar deliklerinden içerdekilerini gözetlemek için seçerim. Böylece hem sosyal hayatı yakından incelemiş olurum, hem de gördüğüm manzaralardan heyecan duyarım. Çünkü yazar, bir heyecan adamıdır.

Mizah yazılarımı da hamamda yada hayvan pazarlarına yakın, çok gürültülü yerlerde yazmayı yeğlerim.

Çalışma isteği kazanmak için İstanbul bitirimlerinin arasına karışırım. Bir zaman kumarhanelerde, meyhanelerde dolaşırım, oralardan aldığım esini sabahçı kahvelerinde, mevsim yazsa, köprü altı dubalarında defterime not ederim. Yılda, birkaç hafta, kimseye haber vermeden serseri hayatı yaşarım."

İşte böyle yada buna benzer saçmalıklar anlatırsam, gerçekten de okurların merakını giderir, ilgilerini çekerim. Yazı masasında çalışırken, kucağıma bir sarışın güzel almazsam, yazamadığımı söylesem... Hayır, bunun yalan olduğunu anlar ve bana inanmazlar. Ama bunu, başkaları gizli gizli yazarsa, okurlar inanır ve çok ilginç bulurlar. Yalnız yazarları değil, genellikle bütün sanatçıları, ya yarı deli yada tam deli görmek eğilimi vardır. Kimi sanatçılar da yapmacık yollarla deliliğe özenerek okurların ilgisini tırnaklarlar.

Bir şair tanıyorum, bir iş hanında, emlak komisyoncularınınkini andıran oldukça lüks bir yazıhane tutmuştu. Masasında hep yarı dolu içki şişeleri bulundurur ve gelenlere durmadan içiyormuş izlenimi vermek isterdi. Oysa içmezdi, ama kapı aralanırken hemen elini içki bardağına atardı.

Bir şair, en güzel şiirlerini, Beyazıt kulesinin tepesinde, kendini aşağı atıp öldürmek bunalımları içinde yazdığını söylerse, okurlar, şairin bu delice isteğiyle, şiirlerinden daha çok ilgilenirler.

Sanırım, yeryüzünde ünleri en yaygın ressam Van Gogh, Gogain, Toulouse Lautrec'tir. Salt sanatlarından değil bu, delilikleri, sakatlıkları, sanatlarının önünde gitmiştir.

Dünya edebiyat, sanat, felsefe tarihinin kırk elli ünlü adı vardır ki, hiçbir eserlerini okumadıkları halde pek çok kişi onların homoseksüel olduklarını bilir ve aktif mi, pasif mi homoseksüel oldukları eserlerinden daha çok merak edilir.

Şaşırtıcı davranışlarıyla, okurlardaki bu merakı gıdıklamaya çalışan yazarlar da vardır. Kendilerinde gerçekten değer ve sanat gücü varsa, bilerek yaptıkları saçmalıklar, değerlerinin tanınmasına yardımcı olur; yok, değersizseler, ortalıkta maskara, alay konusu olurlar.

Orhan Veli, bunun için sakal bırakmıştır. (O zaman Türkiye'de gençlerin sakal bırakmasına alışılmamıştı.) Siz buna, hiç olmazsa biçimde toplum kurallarına başkaldırmak da diyebilirsiniz. Bir gece Orhan Veli, konuk kaldığı Pendik'te ressam Haşmet Akal'ın evinde, nasıl edip de şiirlerine yaygınlık sağlayacağını sabaha dek düşünmüş, sonra uçakla İstanbul'un üstüne şiirlerini yağdırmaya karar vermiş. Uçak nasıl kiralanacak, para nasıl bulunacak?

İki üç gün sonra hemen bütün gazete ve dergilerde, Orhan'ın "Rakı şişesinde balık olsam" dizesiyle alay ediliyordu. Bu alaylar yüzünden artık uçağa gerek kalmamıştır. Alaylar, tek uçak değil, uçak filolarından İstanbul'a yağdırılacak şiirlerin etkisini yapmıştır. Orhan Veli, gerçekten değerli şair olmasaydı, alay konusu olarak kalır, maskara olurdu. Sonraları Orhan'ın şiiriyle alan edenler, alay konusu olmuşlardır.

Ben bu olayı, Bükreş'te Romen yazarlarından birkaç kişiye anlatınca, onlar da bana şu olayı anlattılar. Şimdi adını hatırlayamadığım bir genç şair, üstüste birkaç kitap çıkarmış, ama hiçbir ilgi görmemiş, tek eleştiri yazılmamış. Birgün gazeteler, genç şairin intihar ettiğini yazmışlar. Bütün eleştirmenler kolları sıvamış, gazeteler, dergiler o şairin övgüleriyle dolmuş. Kitapları üstüste birkaç basım yapmış. İki üç ay sonra ona övgü yazan eleştirmenlerden biri, intihar etti bilinen şairi bir meyhanede görünce deliye dönmüş. "Bu alçaklıktır!", "Peki, şair ölmeden önce eleştirmenlerin susmaları nedir?" Bu Romen şairi de değerli olduğundan, hiç de maskara olmamış.

Okurların, gerçekten hangi ortamda yazdığımı gerçek yüzüyle öğrenmek istediklerini sanmıyorum. Ama sormuşsunuz, anlatayım. Ortam mortam diye bişey yok, ne demek ortam? Hiçbir Türk yazarı, yazı yazması için uygun bir ortam arayacak duruma gelmemiştir. Nerde, neresini, nasıl bulursak, orda yazmak zorundayız. Yalnız son yıllarda, bazı senaryo yazarlarını, film yapımcıları gürültüsüz otellere götürmeye başladılar. Bu oldukça lüks otellerde kapanıyor, onbeş yirmi gün yiyip içip senaryo yazıyorlar. Bu yazarlar, bu rahat ortam içinde daha iyi senaryo yazamayacaklarını biliyorlar. Ama, filmcilik paralı iş olduğundan, şu ölümlü dünyada beş on gün rahat etmek yazarın da hakkı değil mi? Bu otellerde yazılmış senaryolardan sanat değeri olan film yapıldığı görülmedi. Bu senaryolar, rahat otellerde değil de, Dolmabahçe Sarayı'nda yazılsaydı, çok mu daha iyi filmler yapılacaktı?

Ben genellikle yazılarımı evimde, tıklım tıklım kitapla dolu odamda yazarım. Bunu da karım, "Hangi Türk yazarının seninki gibi özel odası var? Hâlâ da yakınıyorsun..." diye sıksık başıma vurur. Yazıya başlarım, kapı zili çalınır. Birisi açacak diye bir zaman beklerim. Kimse açmayınca, zil belasından kurtulmak için kalkar kapıyı açarım. Apartman kapıcısı gelir, bakkalın çırağı, manavın çırağı gelir, sucu, sütçü, hizmetçi, dilenci, ayak satıcıları, hayır kurumlarının makbuzla para toplayan gezginci adamları gelir. Onların kapı zilleri ve onlara kapıyı açmalarım arasında zihnimi toparlamaya çalışıp, kaldığım yerden yazmaya uğraşırım. Sonra kahvaltı ederiz. Yine odama çekilirim. Okula gitmedikleri günse iki oğlumun patırtıları başlar, onları türlü yolla barıştırmaya, yatıştırmaya çalışırım. Gazeteci gelir. Cinayet, rezalet, sefalet haberleriyle dolu gazeteleri okuyunca sinirlerim bozulur. Yine yazmaya çalışırım. Sonra tanımadığım bir yada birkaç kişi gelir. Bunlar yardım yada hiçbir zaman ödenmeyecek borç isteyenler olduğu gibi, dertlerini dökmeye, hiç aklımın ermediği işleri danışmaya gelenlerdir. Kendi yazılarımı yayınlatacak yer bulamazken, bu gelenler içinde romanlarını, piyeslerini, şiir yada hikayelerini okuyanlar, okumam için bırakanlar, bunları bir yerde yayınlatmamı isteyenler vardır. Arada alacaklılarım da gelir elbet... Evdekilerin her biri, kendi havasında bir yere çekip gittiği için, çok zaman öğle yemeğimi kendim hazırlar, tek başıma yerim. Öğleden sonra pek uzaktan şöyle bir tanıdığım yada hiç hatırlayamadığım kişiler gelir. Sanki başka bişey yapabilirmişim gibi "Galiba çalışıyordunuz" derler, "Sizi işinizden alakoyduk" diyerek, enazından bir saat oturup laklak ederler. Yine ziller... Yine gelen giden... Akşam olur. Akşam yemeği... Yine patırtı gürültü... Yine gelen giden... Geceyarısından sonra rahattır. Başka yapacak kimse olmadığı için, çayımı kendim yaparım. Karımın sıksık, başka hiçbir Türk yazarının sahip olmadığını başıma kaktığı odama çekilirim. Oooh. Tam çalışma zamanı, saat iki, üç... Allah kahretsin, o zaman da uykum gelir.

İşte böyle, arada vakit bulabilirsem, yazı da yazarım.

Soru - Nasıl yazarsınız?

Cevap - Bu sorunun cevabını da okurlar merak ediyorlarmış. Öyleyse... Anadan doğma soyunur, öyle yazarım. Çok meraklı değil mi?

Birçok ünlü yazarlar gibi, odamda gidip gelip volta atarak, ayağımı ılık suya sokarak, yatarak yazmam. Ben, yazarken amuda kalkarım, bacaklarımı ensemden geçirdikten sonra yazmaya başlarım. Kan, beni coşkulandırır. İnsan kanı içemediğim için, yazmaya başlamadan önce, buzdolabındaki sürahiden bir kadeh tavşan kanı içmeye alışmışımdır. Bir kadeh kan içmedikçe aklım başıma gelmez.

Gerçek böyle olsaydı, okurlar için çok ilginç olacaktı. Oysa ben, herhangi normal insan nasıl yazarsa öyle yazarım, başka türlü yazılabileceği de hiç aklıma gelmez. Önüme kağıdı, elime kalemi alır, başlarım yazmaya.

Çok yazmaktan, sağ elimde onyedi yıldan beri "yazar krampı" denilen bir hastalık vardır. Başka her işi kolaylıkla yapan sağ elim, yazı yazarken, bir iç dirençle karşı koyar. Onun için daktiloda yazmayı yeğlerim. Sandalyenin üstünde bağdaş kurup yazdığım, belki okurlara ilginç gelebilir. Çocukluğumda, yoksul evimizde hep bağdaş kurarak oturduğum için, bu alışkanlık o zamandan kalmadır. Bağdaş kurmada, boyumun kısalığının da etkisi var sanırım. Sandalyede otururken, ayağım yere rahat dayanamadığı için, sağ ayağımı altıma alır, öyle otururum. Eh, yine de oldukça acaip sayılabilir.

Soru - Yazmak için kendinizi nasıl hazırlarsınız?

Cevap - Bakınız, bu çok önemli... Yazmaya başlamadan önce, müthiş sinir bunalımları geçiririm. Evdekilere bağırır, çağırırım. Sinirden tepinirim. Yalnız tırnaklarımı değil, kalemimi de kemiririm. Kırılacak bazı eşyaları atıp kırdığım olur. Bu duruma geldim mi, "Aman, esin geldi, yazacak... Susun!" derler, evde tıs çıkmaz...

·Hadi canım, sizde... Nerde böyle şeyler? Nerdeee? Sanatçılar, büyük eserlerini vermeden önce yada verirlerken sinirli olurlarmış... Püff...

Hayatımda en büyük özlemlerimden biri nedir, bilir misiniz? Ben de birazcık, ama pek azıcık nazlanayım, numaradan olsun sinirliymiş gibi yapayım, hani o yaratma öncesi numaralara gireyim de, karşımdakiler de hatır için, buna yalnız beş dakikacık katlansınlar... Nerde?.. Hep bunun tersi olmuştur. Ne zaman kendim için önemli saydığım, bir yazıya oturacak olsam, terslik ya işte, benim yapmam gereken şeylerin yüz katını bana başkaları yapar.

Soru - Konu mu sizi bulur, siz mi konuyu bulursunuz?

Cevap - Meraklı okurlar acaba buna nasıl bir cevap beklerler? Konu, kapıyı çalar, "Ben geldim" derse, bunu beğenirler mi? Yoksa ortaçağın gezgin aptal dervişleri gibi, dağ, bayır dolaşıp konu ararım mı diyeyim?

Doğruu, bunların ikisi de olur. Yenilerini hiç eklemeden, notları dosyalarımda birikmiş konularımı, bundan sonra daha yüz yıl yaşasam ve durmadan çalışıp yazsam yine de bitiremem. Bir yazarın en büyük dramı, ölümünden sonra geride bıraktığı konuları, yarım yazıları, kendisinden başka hiç kimsenin yazamayacağıdır.

Ne kendiliğinden gelen konuları, ne arayıp bulduğum konuları yazarım. Çünkü, her ikisi için de zaman ve geçim parasının olması gerekir. Ben şöyle yaparım: En zorunlu geçim için gerekli parayı kazanayım diye otururum masama, başlarım yazmaya, işte bu...

Soru - Yazar, elverişli yazma ortamını kendisi mi hazırlar, yoksa bu ortamın doğmasını mı bekler?

Cevap - Elverişli yazma ortamı ne demek? Hayatımda hiç böyle bir ortam görmedim, nasıl olduğunu da bilmem. Yazılarımın pekçoğunu cezaevi koğuşlarında, cezaevi hücrelerinde yazdım, acaba buraları elverişli ortam mı sayılır? Eğer öyleyse bu ortamları ben hazırlamadım. Bu elverişli ortamın doğmasını beklemeye kalkarsak, hohooo, biz değil bizden sonrakiler de daha çok beklerler.

Soru - Yazmak için günün hangi bölümünü (gece-gündüz) yada saatlerini seçersiniz?

Cevap - Geceleri, hem de sabaha karşı, özellikle de ay çıktığı geceleri seçerim. Çünkü, ölü gecenin bu saatlerinde içinde canavarlar uyanır. Beni bu durumda birden görenlerin söylediğine göre, yüzümün biçimi bile değişir, ellerim pençeleşirmiş... Gündüz insan, gece canavar yani...

Hangi Türk yazarı, yazı yazma zamanını seçme hakkına sahiptir ki? Gece, gündüz, hangi saat olursa olsun, bir olanak bulunca yazmaya çalışırım.

Soru - Bir yapıtın ortaya çıkması, "doğum-doğurma" olarak

nitelendirilirse, bu "doğum-doğurma"yı nasıl yaparsınız?

Cevap - Hiç belli olmaz... Kimileyin sezaryenle doğururum, kimileyin dokuz doğururum, kimileyin de ışığı gören dışarı fırlar... Bir bakmışsın, iyice kısırlaşmışım, hiç doğurmam... Bu "doğurmak" nitelendirmesini hiç sevmedim ya, bir eserin yaratılmasına doğurmak diyorsanız ne yapalım... Doğurgan sayılırım, ama doğurganlığımdan değil, zora gelmemden çok doğurmam... İster istemez doğuracaksın; yaşam koşulları, geçim zorla doğurttuyor, yumurtlatıyor bile.

PARLE VU FRANSIZCA

Fransızcadan çevirdiğim romanı kitapçıya bıraktım, parasını da aldım. Beyazıt'a doğru yürümeye başladım. Önümde, dalgalana dalgalana, akar gibi bir kadın gidiyor. İnsanın önünde her zaman bir kadın gidebilir. Ama böyle bir kadın olursa, işte o zaman insan, önünde gidenin kadın olduğunun farkına varır. Kiminle olsa istediğine bahse girerim ki, bu kadın Fransız; saçının ucundan iskarpinin ökçesine kadar Paris kokuyor. Boynundaki beyaz puvanlı mavi eşarp, gelip geçenleri çağırır gibi rüzgârda pırpır kanat çırpıyor.

Ben dememiş miydim, bu kadın Fransız diye? Nasıl da anlamışım ama... Caddedeki trafik polisine gitti. Söylediklerini duyuyordum.

- Esküze muva Mösyö L'ajan... Parle vu Franse?

Polis şaşırdı.

- Hıı? Efendim

- Parle vu Franse?

Trafik polisi bişeyler yapmak, bişeyler söylemek istiyor ama, elinden hiçbişey gelmediği için de, ne yapacağını bilmeden, telaşlı telaşlı boyuna elini kolunu oynatıyor. Genç Fransız kadınına yardım etmek için çırpınıyor.

Tüh, şu işe bak... Turist turist deyip dururken, turist ayağımıza kadar gelmiş, ama onun da dilini, derdini anlayamıyoruz. Polisin, Fransız kadına yardım için çırpınmasından turizm işini iyice benimsediği belli. Umarsız kalan polis, yoldan geçenlere,

- Heeey yurttaşlar, içinizde bir Fransızca bilen yok mu yahu? diye seslendi.

Aldıran olmadı. Yalnız bir yaşlıca adam,

- Valla, bilsem n'olacak yardım ederdim, ama bilmiyorum... dedi.

Sonra ekledi:

- Çocukken "donne muva" filan diye bişeyler öğrenmiştik ama, "donne muva ön beze" mi neydi...

Trafik polisi, Fransız kadınına ille de yardım etmek istiyordu. Kadına eliyle, gel, işareti yaptı. Polisle kadın karşı yaya kaldırımına çıktılar. Ordan üç okul çocuğu geçiyor, onbeş onaltı yaşlarında... Polis, çocuklardan birinin kolunu tutup,

- Oğlum, parle vu Franse? diye sordu.

Oğlan, şöyle bir duraksadıktan sonra, yardım istercesine arkadaşlarına baktı. Polisin yarı Türkçe, yarı fransızca sözleri öğrencileri şaşırmıştı. Polis, öteki çocuğa döndü:

- Parle vu Franse oğlum?

Öğrenci,

- No amca... dedi.

Üçüncü öğrenci,

- Viy ama amca, konuşamam ki... dedi

Fransız kadın,

- Par u il fo alle... diye söze başladıysa da, kadınla polisin çevresini birden çeviren meraklı kalabalığın gürültüsünden, kadının sözleri boğuldu.

Kalabalıktan biri,

- İngilizce olsa kolay, dedi, ben İngilizcenin elenikasını konuşurum...

Biri de ona,

- İngilizceyi herkes bilir... dedi.

Kalabalıktan konuşanlar arttı.

- Yahu, kadın pek sıkışmış gibi... Sakın helayı sormasın...
- Yazık kadıncağıza be...
- Yardım edelim zavallıya...

Türkçeyi Fransızmış gibi konuşursa kadının anlayacağını sanan bir delikanlı şöyle dedi:

- Madam... Pardon... Yani sen arıyor burda hela?

Birisi,

- Hela deme yabancı kadına ayıp olur, deyip düzeltti.
- Tuvalet madam, tuvalet... Senin var tuvalet?

Trafik polisi yine öğrencilere döndü:

- Tüh, bir de öğrenci olacaksınız. Yazıklar olsun, bir parle vu'ya karşı laf edemediniz.

Çocuklardan biri, şaşkınlıktan olacak, kadına sordu:

- Parle vu Franse?

Kadın gülümseyerek konuştu?

- Vıy... Natürelman... U e la müze d'arkoloji?

Polis bu konuşmadan öyle memnun olmuştu ki, çocuğu coşkuyla desteklemeye çalıştı:

- Hadi oğlum, susma! Cevap ver. Biraz daha parle vu Fransızca! Parle oğlum, parle! Hadi!

- Amca konuşamam, yalnız okurum...

Arkadaşı bu öğrenciye yükleniyor:

- Hani Fransızcadan bir de dokuz aldın, konuş da görelim...

- Gramer sorsa bilirim. Baksana parle vu diyor.

Fransız kadın sorup soracağına pişman olmuştu, ama bikez sormuş bulunmuştu. Kendisine yardım için çırpınan bunca insanı bırakıp ordan gidemiyordu.

Polis, kalabalığa doğru yalvarırcasına sesleniyor:

- Yahu, içinizde bitek parlevu Fransızca yok mu be?

Bir ses yükseliyor:

- Vıy ama, komsi komsa...

Birisi eleştiriyor:

- Ona komsi komsa denmez.

- Vay efendim, ya ne denirmiş?

- Ön pö denir, ön pö...

- Ha ön pö, ha komsi komsa... O kadar iyi Fransızca biliyorsan, gel sen konuş!

- Pratik yok, pratik.... Kitap olsa, çatır çatır çevireyim sana...

- Bey haklı... Çok haklısınız beyefendi. Çünkü efendim tradüksiyon başka, parle vu başka...

Öğrencilerden biri, arkadaşını yüreklendiriyor:

- Vallayi sen istesen konuşursun hadi konuş be...

Öbür öğrenci uyarıyor:

- Be deme yahu, kadın çakar da ayıp olur.

- Fransız kadın be'den ne anlasın be?

- Oğlum, be her dilde be'dir. Be'nin ayrı Fransızcası yok ki...

Turiste yardım edememekten canı çok sıkılan polis öğrencilere çıkışıyor:

- Bu kadar öğrencisiniz, içinizden biri de şu kadının parlevu'suna karşı bir laf edemedi.

Fransızca sınavından dokuz alan öğrenci utana utana,

- Regüliye fiilleri sorsun, bak nasıl söylüyorum, su gibi... dedi.

Tedirgin olmaya başlayan turist kadın, anlasınlar diye tane tane konuştu:

- Pardon... Mösyö L'ajan, je mere alle o müze d'arkoloji En si kö o pale dö Topkapi?

Polis, çalışkan öğrenciye sordu:

- Ne diyor?

- Topkapı diyor.

Bir yaşlı adam,

- Yani bu kadın taaa Fransa'dan Topkapı'ya mı gelmiş?..

- Turist değil mi beyim, size ne, ister Topkapı'ya gider ister Ahırkapı'ya...

- Orası öyle de, ne yapacakmış Topkapı'da diye merak ettim.

Çok üzgün olan polis bir daha kalabalığa seslendi:

- İçinizde iki kelime Fransızca bilen yok mu yahu?

Bastonuna dayanmış duran bir yaşlı,

- Benim aklımda bikaç kelime kalmış eskiden ama, bu kadına söylenmez ki... dedi.

Polis,

- Söyle bişeyler de, ne söylersen söyle! dedi.

- Efendim, ben bunu otuz küsur sene önce Şehzadebaşı'nda bir tuluat tiyatrosunda duymuştum. Taa o zamandan aklımda kalmış: "Je vuzem je vuze dö tu mon kör... Ah mon amur..."

Bir kahkaha atan Fransız kadın,

- Je vure mersi Mösyö... Me il... diye derdini anlatmaya çalıştı.

Kimse neye güldüğünü bilmiyor, ama herkes kahkahadan kırılıyordu.

Polisin son umudu yine öğrencilerde.

- Hadi be oğlum, bunda sıkılacak ne var?

Elli yaşlarında gösteren bir adam.

- Şimdiki çocuklar haylaz diyor, bizim zamanımızda, ben orta mektepteyken, vallahi Piyer Loti'yi tercüme ederdim. Değil böyle parle vu Fransızca filan, bülbül gibi konuşurduk beyim.

- Vallahi doğru... Ben kaç kere Fransızca hocasının bile yanlışını çıkarmıştım da, herif kızıp beni sınıfta bırakmıştı.

Bir delikanlı yanaklarını şişirip elini kapalı dudaklarına koyarak öyle ince bir ses çıkardı ki, bu alaylı sese herkes güldü. Ama konuşan adam hiç bozuntuya vermeden sözünü sürdürdü:

- Bu zamanda insanın aklında Fransızca mı kalır, vallahi sabah ne yediğimi bile hatırlamıyorum.

- Kadında da kabahat var ya...

- Neden?

- Bre kadın, yabancı bir memlekete geliyorsun, iki üç kelime öğren be... Değil mi ama...

- Çok doğru. Yani biz olsak, kaşla gözle, işaret mişaretle azbuçuk gene derdimizi anlatırız. Bu yabancılarda hiç iş yok..

- Yahu, çok ayıp oldu be...

- Hiç olmazsa kadına bir kahve ısmarlasak.

- Bir kahveyle olur mu hiç... Ben yemek bile ısmarlarım ama, kadına nasıl anlatacağız bunu?

Öğrenci,

- Yemek demek manje demek... dedi.

Bir kadın,

- Mancayı herkes biliyor oğlum, salon-salamanca ordan geliyor işte... dedi.

Fransız kadın, kalabalıktan kendine yol açmaya çalışırken polis, dolmuş arabasına yolcu çağıran deynekçiler gibi,

- Hani bir kişi, parlevu Franse bir kişi?.. diye kalabalığa seslenip bakındı.

Bir öğrenci birden,

- Vıy! diye bağırdı.

Arkadaşı,

- Vıy demek kolay, gel de şimdi konuş bakalım... dedi.

Çocuklar, aralarında fıskosla konuşmaya başladılar:

- Avuvar fiilinin endikatif prezanı nasıldı ulan?

- Jave, tü ave, il ave, nu zavon, vu zave il... zave mi, son mu?

- Değil be, senin dediğin passe sempl...

- Bir kere bu parle vu fiili, negatif mi, yoksa regülye mi?

Kalabalığı yarıp gitmek isteyen kadına polis ille de yardım etmek istediği için, kadının elini tutmuş, söyleniyordu:

- Madam, pardon... ün münit... Çocuklar şimdi konuşacak...

Çocuklara,

- Hadi be oğlum, gayret biraz...

Bir öğrenci,

- Bir kere bunun başına Jö süvi gelecek... dedi.
- Jö süvi gelecek ama, ondan sonra?
- Ondan sonra süje, en sonra da verb...

Fransız kadın yine bişeyler söyledi:

- Jö vu rö mersi mösyö L'ajan. Jö viyen dö şanze L'ide si vu vule le son la disküisyon...

Öğrencilerden biri de,

- Vıy madam, jö süi parle Franse... dedi.

Kalabalıktan bir alkış koptu. Kadınla çocuğun konuştuğunu sanmışlardı, yada içlerinden öyle olmasını istemişlerdi. Kalabalık açıldı, Fransız kadın geçip gitti.

Anlıyorum, şimdi içinizden, bana soruyorsunuzdur:

- Madem sen Fransızcadan roman çeviriyorsun, neden kadınla konuşmadın?

Ben Fransızca bilmem ki... Öyleyse nasıl mı Fransızcadan roman çeviriyorum? Eski Türkçe zamanında Fransızcadan çevrilmiş biçok roman var. Ben işte eski Türkçe basılı Fransızcadan çevrilmiş romanları yeni Türkçeyle yeniden yazar, Fransızcadan çevirdim diye yayınevlerine satarım. Bana "Parle vu Franse?" diye sormak kimin aklına gelir?

ALIRSINIZ CENNETİ

- "Dinsizin hakkından imansız gelir" sözü yanlış... diyordu.

Şair arkadaşıma,

- Neden? diye sordum.

- Yanlış, dedi, yanlışlığı tecrübeyle sabit... Bu atalar sözünü şöyle düzeltmeli: "Dinsizin hakkından gelse gelse imanı çok kuvvetli olan gelir."

Böyle konuşan şair arkadaşımın adını duymamışsınızdır. İyi, güzel şiir yazar ama, şiirlerini kıskandığından mı nedir , bu güzelliklerin paylaşılmasını istemediği için hiç kitap çıkarmamıştır.

Karadeniz illerinden birinde kendi halinde yaşar. Kırk yılda bir İstanbul'a, Ankara'ya uğrar. Başında şiirin kavak yelleri esmeye görsün, kapar koyuverir kendini, alır başını gurbetlere çıkar. Pek öyle belli bir iş-güç tuttuğu da yoktur köküne kibrit suyu ekmemek üzere, yavaştan yavaştan babasının paracıklarını yer. Bu tutumuyla bence hayırlı evlattır. Ne var ki babasiyle hiçbir konuda anlaşamaz. Çünkü babası, onyedinci yüzyılın koyu ve doğulu orta çağında yaşarken, oğlu çağının ileri görüşlü bir aydınıdır. Babası abdestsiz yere basmaz, oğlu kafayı çekmeden yatağa girmez. Ne var ki babaoğul arasındaki bu anlaşmazlık çok sessiz geçer, hiçbir zaman aralarında çatışma olmaz. Babanın yenilecek parası oldukça da bu böylece sürüp gidecek, "Sünnet-i şerif" üzere sakal bırakmış hoca efendiyle, içkiye düşkün kalender-meşreb oğlu arasında hiçbir geçimsizlik olmıyacaktır.

Şair arkadaşım,

- Babamın sofrası kendi gibi düşünenlere açıktır, dedi, bizim evden hacılar, hocalar hiç eksik olmaz. Semtimizde Kırık Ali denilen bir belalı türedi. Çocukluğunu bilirim, bir mahallede büyüdük. Sonra bu Kırık Ali ortadan kayboldu, onbeş-yirmi yıl görünmedi. Bu zaman içinde orada burada dolana dolana serserilik stajını yapmış... Bir belalı, bir azılı olmuş ki başedilir cinsinden değil. Çarşıyı pazarı haraca kesti. Yalnız bizim semtin değil, bütün vilayetin huzurunu kaçırdı. Kadına kıza sarkıntılık bunda, kumarda kavga bunda, içip içip cıngar çıkarmak bunda, türlü rezillik... Allah korusun, öyle bir belalı ki, şerrine lanet, polis, candarma da başedemiyor. Yolda kendi halinde gidene "Vay, yan baktın!" diyerek bıçakla saldırır. Dediklerine göre, her çeşidinden sabıkası ikiyüzü aşmış.

Babam, "İşte" diyor, "İnsanlarımız Hak yolundan ayrıldıkları için, Cenab-ı Allah bu belayı ceza diye başımıza musallat eyledi."

Buradan cehennem olup gitsin, diye para toplayıp kendisine verdiler, gitmedi. "Dinsizin hakkından imansız gelir" deyip, daha azılı serseriler aradılar. Bizim oralarda, belki duymuşsunuzdur, kiralık katiller vardır: Adamların geçimi bu yüzden... Onlardan bikaçını kiraladılar. Bizim serserinin karşısında hiçbiri dikiş tutturamadı. Gece sabahlara kadar karanlık sokaklarda vuruştular, tabanca seslerinden uyuyamadık. Profesyonel katilleri, bizimki önüne katıp kovalamış... Yani ne ettikse bitürlü hakkından gelemedik...

Bigün babam çağırdı beni,

- Bu gece Bekir Hoca misafirimizdir. Gayet derin bir hocadır. Yemekte sen de bulunacaksın dedi.

Bizim eve hacı hoca çok gelir ama, babam bana "Birlikte yemek yiyelim" demez. Sonradan işi annemden öğrendim. Babam benim gidişimi beğenmediği için, sonunda Kırık Ali gibi bir belalı olacağımdan korkmuş. Bekir Hoca'yı beni yola getirsin, içkiden, başıboşluktan vazgeçirsin diye çağırıyormuş; Bekir Hoca bana öğüt mü verecek, dua mı edecek, her neyse...

Bekir Hoca geldi: Ak sakallı, mübarek bir zat. Ulu bir din adamı. Akşam yemeğine hep birlikte oturduk. O gün ramazan değil ama, Bekir Hoca yine de oruçluymuş. İftar bozma zamanı yemeğe girişildi. Ben akşamları yemek yemem, yalnız içerim, yıllardır böyle... Çorbadan iki kaşık alıp bir bahaneyle dışarı çıktım, odamda votkayı çekip yine sofraya döndüm. Ağzım kokmasın diye rakı değil de, o akşamlık votka içiyorum. Ne yaparsınız, baba hatırı... Bikaç kez votka içmek için gide gele yemek bitti. Bekir Hoca duaya başladı. Hocanın duası yemekten uzun sürdü. Duadan sonra da yüzüme doğru bikaç kez üfürdü.

Bekir Hoca'yı herkes tanırmış oysa... Onu görmeye, duasını almaya misafirler geldi. Ertesi gün de bizim müftü, Bekir Hoca'dan camide va'zetmesini rica etti. Böyle büyük, ulu, derin bir hoca buraya gelmişken va'zından yararlanılacak.

Babam bırakmadığı için bitürlü yanlarından ayrılamıyorum.

- Öğle namazına, sen de bizimle camiye gel! dedi.

Baba sözüdür, dinledik. Bekir Hoca'nın va'zedeceğini duyan cuma namazı kılmak için camiye dolmuş. Caminin içinde yer kalmadığından son cemaat yeri de dolu da, içeri sığmayanlar avluda hasır üstünde namaz kıldı. Namazdan sonra Bekir Hoca va'za başladı. Va'zından anladım ki, gerçekten derin hocaymış.

Cuma namazına gelmeyen kadınlar da, va'zı dinlemek için camiye doldular. İlk ağlama, kadınlardan duyuldu. Sonra yayıldı, Bekir Hoca'nın va'zına herkes ağlamaya başladı. Hoca efendi, iri gövdesiyle, sedef kakmalı kürsüye çıkıp oturdu. Başladı anlatmaya...

Va'zın sonu çok güzeldi. Bekir Hoca diyordu ki:

"Orucu neyi tutmazsınız, rakıyı, şarabı içersiniz, sarhoş gezersiniz. Ondan sonra da cennete gitmek istersiniz. Naaa!... alırsınız cenneti!

Namaz niyaz yok. Kumar dersen çok. Sonra da cennet istersiniz. Naaa size... Alırsınız cenneti.

Namahreme bakarsınız, harama uçkur çözersiniz, zil zurna gezersiniz, sonra da cenneti istersiniz. Naaa!... Alırsınız cenneti!.."

Bekir Hoca "Naaa size cennet! Alırsınız cenneti!.." dedikçe, cemaatin gözlerinden sicim sicim yaşlar dökülüyordu. Hayatımda "Naaa size, alırsınız cenneti!" sözünün bu kadar etkin olabileceğini hiç düşünmemiştim. Kendimi tutamayıp ben de ağlamaya başladım, artık öbürlerinden ağlama duygusu bana da mı bulaştı, yoksa Bekir Hoca'nın va'zı mı çok dokundu, bilemiyorum. Bekir Hoca "Naaa, alırsınız..." dedikçe, ben de öbürleri gibi, hüngür hüngür ağlıyordum.

Vaazdan sonra, ağlamaktan kızarmış gözleri yumruk yumruk olanlar bir bir gelip Bekir Hoca'nın elini öptüler. Ben de içimden bir daha rakı, şarap içmeye tövbe ettim, ama akşama doğru baktım olacak gibi değil... İçimden "Hele bu akşam da son olarak içeyim de, yarın bir daha tövbe ederim" dedim.

Babam,

- Bu akşam da yemeği birlikte yiyelim! dedi. Aklıma bir kurnazlık geldi. Babama,

- Müsaade edersen, Bekir Hoca efendi amcam bu akşam da benim misafirim olsun da, dışarıda onunla yiyelim... dedim.

Bekir hoca bunu duyunca "Bak, oğlan adam oluyor" gibilerden babama göz kırptı. Babam da memnundu,

- Peki, dedi, Bekir Hoca razı gelirse âlâ...

Bekir Hoca,

- Ben öyle her lokantada yemem, dedi, bir Müslüman lokantası var mı?

- Hacı Raşit'in lokantası var... dedim.

Her akşam içtiğim lokantanın sahibi Raşit, gerçekten hacı idi. Tabelasında "Lezzet Lokantası - Hacı Raşit Eroğlu" yazılı.

Bekir Hoca'nın bizim evde nasıl yemek yediğini gördüğüm için, ne olur ne olmaz diye, yanıma çokça para aldım. Akşam Hacı Raşit'in lokantasına gittik. Bekir Hoca yine oruçluydu. İftar saatinde besmele çekip bir yudum suyla orucunu bozduktan sonra çorbaya girişti. Ben sözüm ona bir ızgara köfte yedim. Garsona,

- Komposto getir diye elimle içine votka koymasını işaret ederek göz kırptım. Votkalı komposto geldi, kaşığı çaldım. Bekir Hoca çorba içiyor, ben komposto... Bekir Hoca bir çorba daha içti. Ben kendime bir komposto daha ısmarladım. İkinci çorbayı içtikten sonra hoca, taskebabı istedi. Ben üçüncü kompostoyu içiyorum. Yavaş yavaş kafamı bulmaya başlamıştım ki, Kırık Ali yanında üç kopukla lokantadan içeri girdi. Eyvah, şimdi bir rezalet çıkaracak. Kırık Ali'nin girdiği yerde cıngar çıkarmadığı görülmemiş.

Kırık Ali, Bekir Hoca'yı görünce, birden koşup hocanın eline varmaz mı! Bekir Hoca'nın elini öpüp,

- Duan sayesinde Hoca efendi inşallah bizim gibi günahkârlar da Hak yoluna girer... dedi.

Bekir hoca, bu sözlerden çok duygulanıp,

- Berhudar ol evlat, buyur, otur... dedi.

Kırık Ali ile yanındaki üç serseri, lokantaya içmeye geldiklerinden Bekir Hoca'nın yanında oturmak istemedilerse de hoca onları zorla bizim masaya oturttu. Ben o sırada votka karıştırılmış dördüncü kompostoyu kaşıklıyordum. Bekir Hoca da karnıyarık yemekteydi. Bekir Hoca onlara,

- Siz ne yiyeceksiniz? dedi.

Birbirlerine baktılar. Kırık Ali istemiye istemiye,

- Çorba içelim, dedi.

Kırık Ali akşamları hiç çorba içmiş değil. Bekir Hoca karnıyarıktan sonra yoğurtlu ıspanak, sonra köfte yedi. Ondan sonra da pilav istedi. Pilavı yerken,

- Senin içtiğin nedir, hoşaf mı, diye bana sordu.

- Evet, Bekir efendi amca, hoşaf... dedim.

Garsona,

- Bu hoşaftan bana da getir! diye seslendi.

getirilen kompostodan üç kaşık aldıktan sonra,

- Oooh, pek de güzelmiş. Bir hoş lezzeti var... deyince, garsonun ona da votkalı komposto getirdiğini anladım. Bekir Hoca ağzını şapırdatarak kompostoyu içtikten sonra, garsona,

- Evlat, bir hoşaf daha getir, pek nefis olmuş. dedi.

Hemen mutfağa koşup, içine votka koymamalarını söyledim. Votkasız komposto geldi. Bekir Hoca bir kaşık alıp yüzünü buruşturdu, garsonu çağırıp,

- Bu deminkinden değil, dedi, bunu götür oğlum. Deminki hoşaftan getir!

Artık olan olmuştu. Bekir Hoca'ya votkalı komposto geldi. Pilavla üç kâse votkalı komposto içtikten sonra arkadan börek istedi.

- Börek kuru gitmiyor, bir hoşaf daha getirsinler... dedi.

Kırık Ali,

- Hocam, bugün camide va'zetmişsiniz, bilip gelemedik. Velakin başkalarından duyduk. Biz günahkârlar... derken, Bekir Hoca sözü alıp,

- İnşallah hidayete erişirsiniz... dedi.

Garsondan bir hoşaf daha istedi. İçerken,

- Ooooh, aşçıbaşının ölmüşlerinin canına değsin, pek leziz, pek nefis... Hiç böyle hoşaf içmemiştim... diyordu.

Yavaş yavaş gözleri dönmeye, baygın baygın bakmaya başladı. Peltek peltek konuşuyor, dili dolanıyordu.

- Bir hoşaf daha getir evlat! diye garsona seslendi.

Sekizinci kompostoyu içiyordu. Baktım Bekir Hoca iyice sarhoşlamış. Onu idare edebilmek için ben votkalı kompostodan vazgeçtim. Kırık Ali ile üç kopuk arkadaşının, rakı içemedikleri için canları sıkılıyor, amca Hoca'ya da bişey söyliyemiyorlardı. Çorbalarından biriki kaşık alıp durmuşlardı. Kırık Ali, cıgara paketini Bekir Hoca'ya uzattı.

- Hocam, buyurmaz mısınız? dedi.

Bekir Hoca dili dolanarak,

- Ben cıgara içmem, velakin burada içmek vacip oldu. Anladım ki, bana hürmetinizden sizler de içmiyeceksiniz. Onun için tellendirelim bakalım da, siz de rahat rahat için... dedi.

Cıgarayı tellendirince,

- Hoşaf pek güzelmiş, bir tane daha getirsinler! dedi.

Ne diyeceğimi şaşırdım. Bir kâse daha içerse büsbütün sarhoşlayacak, yollarda yıkılacaktı. "Bekir Hoca'yı içirtip baştan çıkarmış" diye adım çıkarsa, babam beni eve almaz, bir daha buralarda duramam... Garsonun kulağına,

- Bir daha hoşaf isterse kalmadı dersin... dedim.

Bekir Hoca hem votkalı kompostoyu kaşıklıyor, hem va'zediyordu:

- Şarabı içersiniz, rakıyı içersiniz, kötü yola gider, zina edersiniz, günaha girersiniz, sonra da cennet istersiniz... Naaa! Alırsınız cenneti!... Irz ehline kem gözle bakarsınız, helale haram, doğru işe hile katarsınız, sonra da cennet ararsınız. Naaa, alırsınız cenneti!..

Kırık Ali'ye baktım, Bekir Hoca'nın karşısında büzülmüş de büzülmüş, tesbih böceğine dönmüş... Bekir Hoca,

- Bu hoşaftan getir oğlum! diye bağırdı.

Garson,

- Kalmadı hoca efendi, dedi.

Demesiyle kızılca kıyamet koptu. Bekir Hoca yumruğunu masaya vurunca sıçrayan tabakları çanakları, kaşıkları yere savurup, allah korusun,

- Haaaayt!... diye bir nağra savurdu ki, lokantayı dolduran müşterilerin ellerinden çatallar, kadehler düştü.

Bekir Hoca,

- Hoşaf isterim!... Yok ne demek? Bekir Hoca hoşaf ister de yok mu denir, bre zındıklar!.. diye kükreyince baktım hoca gövdesiyle ileri atılmış, masaları devirip koca lokantayı dümdüz edecek,

- Aman Bekir efendi amca, hele dur, hele dur!... Sen tek hoşaf iste, şimdi yaratırız!.. diye sakalını okşaya okşaya yerine oturttum.

Önüne kâseyle kompostoyu koşuşturduk. Bekir Hoca kaşığı fırlatıp attı, kâseyi ağzına dikti. Komposto suları sakallarından ensesine, göğsüne süzülürken,

- Oooh!... Cana can katıyor. Çok şükür!.. diyerek geğirdi.

- Doldur bir daha! diye bağırdı.

Sakalları aslan yelesine dönmüştü. Nasıl olduysa birden Kırık Ali'ye döndü.

Sen kimsin bakayım, adın ne?

- Ali...

- Hı... Yoksa sen? Ali denilen... Öyle mi?...

Kırık Ali boynunu büktü. Bekir Hoca kükredi:

- Ulan Kırık Ali... Kırık olmasan ne lazım gelirmiş, ulan it!..

- Eyvah! Şimdi Kırık Ali bir azarsa, hoca moca demez, sakalından tuttuğu gibi bunu doğram doğram doğrar.

Bekir Hoca nağra savurur gibi seslendi:

- Ulan oğlum bu masaya, bakan yok mu? Heeeeeey!.. Doldur şunu!..

Bekir Hoca pusulayı şaşırdı. Benim korkum, olanları babamın duymasından. Bekir Hoca bir kâse daha votkalı kompostoyu içince gözleri fırfır dönmeye başladı. Hocanın sarhoşluğunun farkında olmayan Kırık Ali,

- Müsaaden olursa kalkalım hoca efendi, bize izin ver! dedi.

Vara demiyeydi. Bekir Hoca'dır bu, yakasına bir yapışmasıyla Kırık Ali'yi sandalyeye çökertti:

- Sen misin ulan bu millete medet Allah dedirten? Bana bak... Ben kırık mırık dinlemem... Ben adamın...

Hoca bar bar bağırıyor. Karşı masada oturanlardan biri, demek Bekir Hoca'yı tanımazmış.

- Sakalından utan, ayıptır yahu! demesin mi!

Vay vay vay... Hoca bir azdı, zaptolunur gibi değil. Beşon kişi birden Hocanın önünde duramıyoruz. Kırık Ali'yi görsen, Bekir Hoca'nın eline ayağına varmış, yalvarıyor:

- Aman hocam, etme hocam, eyleme hocam...

Bekir Hoca göbeğine çarpanı deviriyor. Maşallah koçbaşı gibi göbeği var.

Kırık Ali ile onun üç kopuğu, iki garson, bir de ben, Bekir Hoca'yı güç bela lokantadan sokağa çıkardık. Hoca bir o yana yıkılıyor, bir bu yana sallanıyor. Koluna girmesek düşecek...

- Ulan Kırık!

- Buyur Hocam!

- Bu memleketin en azılı kabadayısı sen misin?

- Sayende haddimiz olmıyarak...

- Ulan ben kabadayıların...

- Yaparsın Hocam...

- Buralarda meyhane yok mu?

- Hocam, bizi imtihandan geçiriyorsun besbelli... Yanımızda sen varken.,.

- Düş önüme, çabuk meyhaneyi göster!..

Demesiyle, boşluğuna bir dirsek atıp, Kırık Ali'yi beş metre ileri savurdu. Kırık Ali,

- Şurada Hocam! dedi.

- Düş önüme!..

Meyhaneden girdik... Bekir Hoca, yer gök inleten bir nağra savurup,

- Bre kafirler! diye haykırdı, yarın kıyamet günü ne hesap vereceksiniz? Bu zıkkımı içersiniz, bir de cennet istersiniz. Naaa!.. Alırsınız cenneti!!

Yalvar yakar düşmüşüz eline eteğine:

- Etme hocam... Aman hocam!..

Meyhanedekiler hocayı sakalından sürükleyecekler ama, Kırık Ali'nin korkusundan seslerini çıkaramıyorlar. Hoca'yı zorla bir masaya oturttuk. Biz bu halle babamın evine gidersek, babam beni evlatlıktan reddeder. Oldu olacak dedim, Bekir Hoca'yı iyice içirip sızdırmalı da sallasırt eve götürüp babama duyurmadan yatağa atmalı.

- Bekir efendi amca, hoşaf içer misin?

- Gelsin!..

Meyhanede hoşaf da yokmuş, vişne suyu varmış. Bir şişe vişne suyuna votkayı, likörü boca edip verdik. Hoca bir dikişte bitirdi.

- Bir daha Hoca?

- Gelsin...

Dayadık önüne... Onu da içince Bekir Hoca, parmaklarını masaya vurarak bir türkü tutturdu; yanık, gevrek bir sesi var.

Kırık Ali kulağıma eğilip yavaşça,

- Arkadaş, dedi. Bundaki hal, hocalık hali değil. Hiç beğenmedim. Ne iştir bu?

- Sorma Kırık, bir iştir oldu. Aman zom edip sızdırmanın yolu...

Kırık Ali, esrarı doldurup bir cıgara sardı,

- Buyur Hocam! dedi.

Hoca,

- İçmem! dedi.

Kırık Ali,

- Huzurunuzda bizim içmemiz saygısızlık ve de caiz değil, dedi; hicap ederiz. Sen tüttür ki Hocam, bize de izin çıksın.

Bekir Hoca esrarlı cıgarayı aldı. Ben hemen cıgarasını ateşledim. Hoca esrarı, likörü, votkayı çekiyor, mırıl mırıl türküler mırıldanıyor. Velakin uyumak, sızmak şöyle dursun, içtikçe azıyor. O gece onun içtiği votka kadar suyu bir manda içemez.

- Ulan ben adamın... diye bağırdıkça Kırık Ali,

- Eyvallah hocam.. diyor.

Esrar, Hoca'ya iyice dokunup da,

- Buranın avrat pazarı nere? diye bağırmaz mı!

- Aman hoca burada öyle yer bulunmaz...

- Yıkıl... Dürzüler!.. Siz bizi hoca kisvesinde görüp de yol yordam bilmez mi sandınız? Düşün önüme... Bize bu gece hafiften sedalar gelir, içimize nur doğdu.

Kırık Ali savuşacak olduysa da, Bekir Hoca fark edip kolundan tuttu:

- Bu memleketin kârhanesi neresi?..

Kurtuluş yok, çıktık yola. Hoca başladı türküye.

- Siz de söyleyin! dedi.

Uyduk Hocaya... Herkes bize bakar, rezillik... Dediği yere vardık. Kadınlar Kırık Ali'yi görünce korkudan titreyerek,

- Buyur ağam... dediler.

Bekir Hoca bunları yarıdan çok çıplak görmesiyle,

- Tuuu size!.. diye gürledi, bre Allah'tan korkmazlar! Türlü menhiyatı işler, fuhuş yapar, günah içinde yüzer, sonra da cenneti istersiniz. Naaa!.. Alırsınız cenneti.

Kadınlar korktular büsbütün. Hocayı bir koltuğa yıktık.

- Bekir efendi amca hoşaf içer misiniz?

- Gelsin!...

Bu kez bir şişe vişneli gazoza bir şişe de saf ispirtoyu katıp verdik. Bir dikişte içti,

- Elhamdülillah... dedi.

- Çabuk Hoca efendiye bir kahve yapın!.

Kırık Ali, kahvenin içine bir topak afyonu koydu ki, hoca içip uyuşsun... Ne uyuşması, Hoca afyonlu kahveyi içince bir azdı ki, bıçağı gören camus bile böyle olmaz. Kırık Ali pek şaştı,

- Arkadaş, bu topak afyon bir bölük eşkıya askerini uyutur, bu ne iş?.. Allahın bir hikmeti... dedi.

Bekir Hoca, evsahibi kadını çağırıp,

- Boyunuzca günah işlersiniz hatun! dedi.

Kadın,

- Allah affetsin, işleriz Hocam, dedi.

- Peki nasıl işlersiniz?

Kadın utandı. Sustu. Bekir Hoca bir daha gürledi:

- Söylen, nasıl işlersiniz?

- Erkek gelir, muhabbet ederiz.

- Edin de görelim!.. İşlediğiniz günahı görmemiz gerek...

Kadının biri def aldı eline, biri şarkıya oturdu, biri de biraz daha soyunup çiftetelliye başladı. Hoca'ya bir kâse hoşaf sunuldu. Bekir Hoca'dır bu.

- Yar, yar... Medet hey! diye ortaya fırlamaz mı!

Bekir Hoca, o iri gövdesiyle göbek attıkça, evin tavanı, döşemesi sallanıyor. Oyuncu kadın da coştu.

- Aman Hocam yavaştan, polisler basacak!.

- Polislerin de...

- Duyulur hocam...

- Duyanların da...

Hocaya kâseyle, bardakla, maşrapayla votkalı, alkollü hoşaf sunuluyor. Bekir Hoca bunları bir dikişte bitirip, yeniden oyuna giriyor.

- Hocam bir kahve?

- Gelsin...

- Afyonlu kahveyi dayıyoruz.

- Hocam bir cıgara?

- Gelsin...

Esrarlı cıgarayı dayıyoruz.

- Hocam hoşaf?

- Gelsin...

Votkalı, ispirtolu, likörlü şurubu, şerbeti dayıyoruz.

Uyuşup kalacağına büsbütün azıtıyor. Artık azgınlığının nereye vardığını anlatamam...

Gün ışırken evden çıktık, ama Bekir Hoca susmaz.

- He heeeyt!.. diye nağralar vurdukça pencereleri açanlar bize bakıyor. Bekçiler, polisler varsa da, Kırık Ali'yi görünce köşe başlarına sinip kendilerini gizleyerek bizi görmezden geliyorlar.

Bizim eve varırken, Bekir Hoca artık iyice azdı, Kırık Ali'ye ana avrat girişti. Kırık Ali yalvarır:

- Kurbanın olsun Kırık, etme Hocam...

Bekir Hoca söz anlar gibi değil. Derken Kırık Ali'nin tepesi atıp da hışım gibi bıçağı çekmez mi! Vay bre aman, sen o Bekir Hoca'yı bir görsen arkadaş, herif bıçağı görünce, bir ejderha kesilip de o göbeği ile bıçağın sivrisine yürümesin mi?

Kırık Ali'yi dersen,

- Ben böyle bir namussuz görmedim, imdat!.. diye kaçmaya başladı.

Bekir Hoca bunu ayağından yakalayınca çaldı yere, vurdu yere, bindi hümüğüne...

- Ulan ben seni öldürsem ne lazım gelir?.. Memleket bir mikroptan temizlenir! diye bağırıp biniyor tepesine,

Bıçağı da kaptı Kırık Ali'nin elinden.

- Ulan ben şimdi bunu senin nerene soksam?

- Etme hocam, eyleme hocam... Ocağına düştük...

Kırık Ali nasılsa bunun altından sıyrılıp, tabanları yağladı, üç kopuğu da arkasından... Kaçıp kurtuldular.

Bekir Hoca'nın göğsü kalaycı körüğü gibi inip kalkıyor.

Hoca'yı eve soktum, arkasından iteleyerek odadan içeri tıkıp, öylece yatağa attım. Döşeğe düşünce sesi kesildi şükür. İki gün öylece uyuya kaldı, iki gün, iki gece horultusu mahalleyi tuttu.

Kırık Ali'ye gelince... Memleketi titretmiş bir Kırık Ali olup da, elin günün içinde bir Bekir Hocadan dayak yemesiyle, arkadaşlarına,

- Artık bize gurbet göründü, bu memleket haram... Biz Hocaya saygımızdan içmedik. Yoksa iki kadeh patlatsaydık bu iş böyle olmazdı ya... Hoca, içkinin kuvvetine bizi kötüye düşürdü. Raconumuz çok kötü bozuldu. Eyvallah... demiş, gitmiş. Gidiş o gidiş...

Olan biten rezilliği babama duyurmadık. Ertesi gün öğleye doğru,

- Kalkamadığına bakılırsa Bekir Hoca ya hasta, ya istihareye vardı, aman gürültü etmeyin... diye babam evde çıt çıkartmadı.

Bekir Hoca iki gün sonra uyandı, yüzünün rengi nuru kaçmış...

- Mahallemizin yaşlıları gelip Bekir Hoca'ya,

- Kırık Ali kaçmış sayende hocam, bir beladan kurtulduk... dediler.

Bekir Hoca, sakalını sıvazladı,

- Biz onu iman kuvvetine kaçırdık... dedi.

Bekir Hoca dünyanın duasını aldı.

O gün bugün babam benim tutumumu beğenmezse,

- Acep Bekir Hoca'yı bir çağırsak mı ki... der.

Ben de korkumdan, o akşam yemeğini evde, babamla sofrada yerim.

Benim bildiğim budur arkadaş, hiçbir zaman dinsizin hakkından imansız gelemez. Yedi düvel'in başedemediği Kırık Ali'nin, bir Bekir Hoca iman kuvvetine, hakkından geldi.

SİZİN MEMLEKETTE EŞEK YOK MU?

Dişi ağrıyor gibi bir eli yüzünde, başını sağa sola sallaya sallaya içeri girdi. Biyandan elini yanağına vuruyor, biyandan da,

- Tuh rezil olduk, rezil olduk... diyip duruyordu.

Oysa çok kibar bir adamdır. Kapıdan girer girmez, daha selam bile vermeden "Tuh, rezil olduk..." diye dövünmesine pek şaştım.

- Hoş geldiniz, dedim, buyrun... Oturun rica ederim...

- Rezil olduk, rezil...

- Nasılsınız?

- Daha nasıl olalım; nasıl olacağımız kaldı mı, rezil olduk işte... Tuuu!....

Başına bir felaket geldi sandım, belki de ailesinden yana bir felaket.

- Yerin dibine geçtik, iki paralık, iki paralık olduk.

- Neden, ne oldu da?...

- Daha ne olsun, bir kart uyuz eşeği adama ikibinbeşyüz liraya sattılar.

Biraz geri çekilip, dikkatle yüzüne baktım: Yoksa çıldırmış mıydı? Korktuğumu saklayacak değilim. Karımı çağırmaya bahane olsun diye,

- Bir kahve içer misiniz? dedim.

- Bırak şimdi kahveyi, dedi, rezil olduk... Bir nalsız kart eşek ikibinbeşyüz lira eder mi?

- Hiç eşek alıp satmadığımdan bilemeyeceğim...

- Canım, ben de eşek cambazı değilim ama, bir eşeğin ikibinbeşyüz lira etmeyeceğini bilirim...

- Sinirleriniz mi bozuk sizin?

- Bozuk ya... Benim sinirim bozulmasın da kimin bozulsun? Siz hiç ikibinbeşyüz lira eden eşek gördünüz mü?

- Aşağı yukarı yirmi yıldan çok oldu, hiç eşek görmedim...

- Ben size bir eşeğin ikibinbeşyüz lira edip etmeyeceğini soruyorum.

- Ne diyeyim bilmem ki... Marifetli bir eşekse, belki o kadar eder...

- Ne marifeti canım efendim, eşek bu.. Nutuk atacak değil ya... Basbayağı eşek işte... Üstelik, hem uyuz, hem de kart.. . Adama ikibinbeşyüz liraya sattılar. En kötüsü de ne biliyor musunuz, bu satışa ben alet oldum.

- Yaaaa... Nasıl oldu bu iş?

- Ben de onu anlatmaya geldim... İstanbul Üniversitesi'nden, Amerika'nın davetlisi olarak karımla gitmiştik ya... Biliyorsunuz, Amerika'da bir yıl kalmıştık.

- Biliyorum.

- Amerika'da bir profesörle tanıştım, dost olduk... Bana çok yardım etti. Çok iyiliği oldu. Türkiye'ye dönünce de mektuplaşmaya devam ettik... Türk dostu, Türkler'i çok seven bir adam... Bir mektubunda, bir arkadaşının Türkiye'ye geleceğini, bu arkadaşının antika halı uzmanı olduğunu, halı üzerine hazırlayacağı bir kitap için Türkiye'de inceleme ve araştırmalarda bulunacağını yazdı ve bu mektubunda bu arkadaşına yardım edip edemeyeceğimi soruyordu.

Ben de, halı uzmanı olan arkadaşı, üniversitenin tatil olduğu aylarda Türkiye'ye gelirse, kendisine memnunlukla elimden gelen yardımı yapacağımı cevabımda bildirdim. Halı uzmanı da önce Hindistan'a, İran'a gidip oralarda inceleme ve araştırmalar yaptıktan sonra Türkiye'ye geleceği için, zaman bana da uygun düşüyordu.

Halı uzmanı temmuz ayında geldi. Amerikalı profesör arkadaşımdan, benim adresimi, telefon numaramı almış gelirken. Kaldığı otelden bir gün bana telefon etti. Ben de kalkıp otele gittim. Cin gibi bir adam. Alman asıllı bir Amerikalı. Galiba yahudilik de var, belki Alman yahudisi de sonradan Amerikalı olmuş.

Daha önce dolaştığı yerlerden dört büyük bavul dolusu halı, kilim, heybe getirmiş. Bavullarını açıp antikalarını gösterdi. Bunlar, çok eski hali, kilim, heybe parçalarıydı... Topladığı parçalardan çok memnun görünüyordu. Bunların, değeri ölçülemeyecek bir hazine olduğunu söylüyordu. Hele, ancak üç karış eninde, beş on karış boyunda bir eski halı parçası vardı, bunun en azından otuzbin dolar değeri olduğunu söylüyordu. Ama o bunu, bir İranlı köylüden bir dolara satın aldığını övünerek anlatıyordu. Üstelik İranlı yoksul köylü, bir dolar karşılığı olan dinarlarını eline alınca şaşırmış da, sevincinden dualar etmiş.

O eski halı parçasının neden bu kadar çok para ettiğini sordum. "Çünkü" dedi, "bu halının her santimetrekaresinden seksen ilmik var. Bu bir şaheserdir." Adeta şehvetli bir istekle durmadan halı üstüne bilgi veriyordu. Şimdiye kadar en çok, santimetrekaresinde yüz ilmik olan bitek halı varmış yeryüzünde, o da bilmem hangi müzedeymiş, bir duvar halısıymış.

Bir keçe gösterdi, "Bunu elli sente aldım" dedi, keyfinden kurnaz kurnaz gülüyordu. "Bu keçe de en az beşbin dolar eder" dedi.

"Nasıl bu kadar ucuza alabiliyorsunuz bu kıymetli eşyaları?" dedim.

"Kırk yıldır bu işle uğraşıyorum" dedi, "bizim de kendimize göre usullerimiz vardır."

Sonra öyle usuller anlattı ki, şaşkınlıktan ağzım açık kaldı. Halı albümüyle, halı üstüne üç kitap yayınlamış. Dünyadaki en zengin bikaç halı koleksiyonundan birine de o sahipmiş.

Anadolu gezisine çıktık. İl il, ilçe ilçe dolaşıyorduk. Camilerdeki, kendince değerli bulduğu halıların renkli fotoğraflarını çekiyor, durmadan notlar alıyordu. Bikaç kişiden eski heybeler, halılar, keçeler, kilimler de satın aldı. Söylediğine göre burda aldıkları, Hindistan'da, Afganistan'da, Çin Türkmenistan'ında, İran'da aldıklarının yanında hiç kalırmış. "Çok değerli Türk halıları da vardır ama, hiç rastlamıyoruz" dedi.

Arkeolojik kazılar yapılan bir bölgeye geldiik. Bir Amerikan, bir de Alman arkeoloji heyeti, beş on kilometre arayla kamp kurmuşlar, kazı yapıyorlar. Yerin altını üstüne getirmişler, dağları tepeleri hallaç pamuğu gibi atmışlar. Tepeler unufak olmuş, toprak tiftiği atılmış.

Kazı yapılan yer, aşağı yukarı bir kasaba genişliğinde. Biçok çadırlar kurulmuş. Buralarda, İsa'dan önce onuncu yüzyıldan günümüze kadar bikaç uygarlık, toprağın altında üstüsteymiş. Yerin altından bir değil, bikaç şehir çıkarmışlar, saraylar, mezarlar filan...

Çok ilginç bir yer olduğu için, tarihe ve arkeolojiye meraklı turist arabaları buralarda cirit atıyor. Her iki üç kilometrede bir, beş on turiste rastlanıyor.

Kazı yapılan yerlerin dolaylarındaki köylüler de buraya dolmuşlar, yeraltından bulup çıkardıkları tarihi, arkeolojik çanak çömlek parçalarını turistlere satıyorlar. Turistler bunları kapışıyor. Köylü çocuklar bile yol boylarına dizilmişler, turistlere, yeraltından çıkardıkları halkaları, yazılı taşları, kırık vazo parçalarını satıyorlar. Küçük küçük yalınayak kızlar oğlanlar "Van dalır", "Tuu dalır..." diye çığrışarak turistlerin üstlerine koşuyorlar.

Nasıl olsa buralara kadar gelmişken, ben de hatıra olsun diye bişey alayım dedim. Ancak on yaşında görünen sarı saçlı bir kızın elinde bir vazo kulpu, yanındaki oğlanın elinde de adam kafası biçiminde küçük bir mavi taş vardı. Bu mavi taşın bir yüzük taşı olabileceğini düşündüm.

- Kaça yavrum onlar?... dedim.

Kız vazo kulpuna kırk lira, oğlan da insan kafası biçimindeki mavi taşa onbeş lira istedi. Bildiğimden değil ya, ucuz alayım diye,

- Pahalı... dedim.

Kızla oğlan, büyük bir adam gibi anlatmaya başladılar. Hiç pahalı olur muymuş!

Babası günlerce toprağı kazmış da, yerin beş metre altında bulmuşlar onları.

Alacaktım. Ama halı uzmanı Amerikalı arkadaşım, bunların ne tarihi, ne arkeolojik değerleri olduğunu anlattıktan sonra Doğu'da gezip dolaştığı her yerde durumun aynı olduğunu söyledi: "Oralarda da tıpkı böyle işte. Turistlerin uğrağı olan kazı yerlerinde köylüler, kadını erkeği, çoluk çocuk turistlerin önlerini keserler. Ellerine ne geçmişse, antika diye yuttururlar."

Bu kurnaz köylüler, eski eserleri öylesine ustalıkla taklit ederlermiş ki, ünlü arkeologlar bile aldanır, ora köylülerinden yüksek fiyatla bunları satın alıp kazıklanırlarmış. Hatta bir Amerikalı turiste, tüylerini tıraş ettikleri bir çoban köpeği leşini, kral mumyası diye yuttururlarmış. Bu dalavereleri anlatırken kıh kıh diye sesler çıkararak kurnaz kurnaz gülüyordu. Ama sahteci köylülerin yaptıkları bu taklit eşya da yabana atılır şeyler değilmiş yani, büyük hüner, ustalık işiymiş. Mesela demin çocuğun elinde gördüğünüz, insan kafası biçimindeki küçücük mavi taş... Kolay mı, böyle bir iş yapmak...

Kiraladığımız cipte gidiyorduk. Hava da çok sıcak... Yol üstünde iki üç kavak ağacı bir de kuyu gördük. Gölgede yemeklerimizi yiyecektik. Kavağın gölgesine uzanmış yaşlı bir köylü uyukluyordu. Köylünün az ötesinde de bir eşek oturuyordu.

Yaşlı köylüyle selamlaştık, konuşmaya başladık. Köylünün sözlerini İngilizceye çevirip Amerikalı'ya aktarıyordum.

- Buradaki köylerde ne yetişir daha çok?

- Hiç de bişey yetişmez... dedi. Eskiden ekim biçim vardı, tahıl yetişirdi. Ama bu kazılar başlayalı beri, var bir yirmi senedir, köylü iyice tembelleşti, hiçbişey ekmez oldu gayri...

Amerikalı,

- Aynen başka yerler de böyle, dedi.

Yaşlı adama,

- Peki neyle geçinir köylü? diye sordum.

- Yerin altından çanak çömlek kırığı, taş maş parçaları çıkartmak moda olduğundan beri, köylüler işi boşladılar, kazmayı kapan kazdı toprağı, ne bulduysa, ne çıkardıysa, buralara doluşan ecnebilere sattı boyuna...

Amerikalı,

- Aynen,başka yerlerde olduğu gibi... dedi.

Köylü,

- Bizim bura insanları çok bir alçaktırlar, dedi, memleketin bütün hazinelerini yok fiyatına sattılar ecnebiyeye... Toprakların altında öyle taş direkler, mezarlar çıktı ki, bunları değerini bulup sataymışız, daha böyle on Türkiye yeniden kurulurmuş. Bu senin ecnebiye dediğin de kimler? Hepsi hırsız... Toprağın altından çıkan antikaları çalıp çalıp kaçırdılar... Burdan kaçırdıklarını götürüp kendi memleketlerine koca koca şehirler kurmuşlar yeniden onlarla... Kimisi kendi kazıp çıkardı, kimisi köylünün çıkardığını, kandırıp elinden bedavaya aldı...

Amerikalı,

- Aynen, başka yerlerde de böyle olmuştur... dedi.

- Artık, dedi, toprağın altında da çıkaracak bir bok kalmadı... Varsa da kulak asma, hükümet gözünü açtı gayrı, kimseye bişey kaptırmıyor. Bu ecnebiye eğer gene çalıyorsa, hükümetten çalıyordur. Ola ki, hükümet kendisi satıyordur değer fiyatına...

Amerikalı,

- Evet, dedi, aynen başka yerlerde de böyle olmuştur.

- Öyleyse köylüler şimdi nasıl geçiniyor?

- Sonra... Buralarda altı köy vardır. Evlerine git, bir çul çaput parçası bile bulamazsın, ne bardak, ne desti, ne çanak... Hepsinin evi tamtakır...

- Neden?

- Neden olacak, bu turistlere satıyorlar. Evlerde bir kıymık kalmadı. Her neleri varsa hepsini antikaya çevirip satıyorlar. Toprağın altında çürütüp, paslandırıp, bozuk antikaya çeviriyorlar. Bizim bura insanının ahlakı iyice bozuldu bey. Geçen gün, bacak kadar bir oğlan, bir de baktım, benim eşeğin boynundan boncukları çalıyor. Boncukları çalıp da toprağa gömecek, anladın mı, sonra topraktan çıkarıp antika diye yutturacak... Evlerde gelinlik kızlar hep antikacı kesildi, parmak kadar bir taş eline geçiren, kesip oyup, olmadık hüner çıkarıyor ortaya... Eşek nalından madalya, eski para yapıyorlar.

Amerikalı,

- Ben size söylemiştim ya, dedi, başka yerlerde de aynen böyledir.

Yaşlı köylüye,

- Sen nasıl geçiniyorsun, ne iş yapıyorsun? dedim.

- Ben eşek alıp satarım... dedi.

Bunu söylerken de, kuyudan su çekip, kuyu yalağında eşeğine su verdi. Eşek su içerken Amerikalı birden fırladı eşeğin yanına gitti. Biz köylüyle konuşuyorduk.

- Eşek ticaretiyle geçinebiliyor musun?

- Hamdolsun... Beş senedir bu işle geçinirim, şükürler olsun...

- Ne kazanırsın mesela?

- Hiç belli olmaz.. Eşeğine göre...

- Bir eşeği ne kadar zamanda satabilirsin?...

- Hiç belli olmaz... Bazı bakarsın, üç ay, beş ay eşek satılmaz, elinde kalır... bazı da bakarsın bir günde beş eşek birden satılmış...

Amerikalı yanıma geldi. Pek heyecanlıydı.

- Aman, dedi, aman... Eşeğin üstünde bir halı parçası var, gördün mü?

İngilizce konuştuğu için köylü anlamıyordu.

Eşeğin sırtında eski püskü, çamurdan bir çul vardı...

- Şu pis bez mi? dedim.

- Aman, dedi, bu bir harika, bir şaheser... Demindenberi siz burda konuşurken, ben o halıyı inceliyordum. Renkler de, desen de harika, işçilik fevkalade.... Santimetrekaresinde tam yüzyirmi ilmik var. Dünyada böyle bişey görülmemiş, emsalsiz bişey...

- Satın alacak mısınız? dedim.

- Evet, ama... dedi, köylü halıyı alacağımı anlamasın... Ben bunları çok iyi bilirim. Atacakları eski, yırtık çarığı satın almaya kalksan, demek bunun kıymeti varmış, demek antikaymış diye dünyanın parasını isterler. İstedikleri bişey değil, ne kadar para versen gözleri doymaz, fiyatı yükseltirler boyuna... Onun için köylüye çaktırmayalım...

O sırada yaşlı köylü,

- Ne dangırdıyor gavur, fan fing ediyorsunuz... dedi.

- Hiç, dedim, buralarını çok sevmiş de...

- Sevilecek nesi var buralarının, kel kıraç tepeler işte...

Amerikalı,

- Ben size ucuza satın alma metodlarım var demiştim ya, bakın şimdi bir metod kullanacağım.. dedi.

- Nasıl?

- Halıya istekli olmayacağız, eşeği satın alacağız. Tabii bu köylü halının kıymetini bilemediğinden, biz eşeği alınca eski çulu da eşeğin sırtında bırakacak... Biz sonra halıyı alır, az ilerde eşeği salıveririz. Siz şimdi benim eşeği satın almak istediğimi söyleyin köylüye...

Köylüye,

- Sen eşek satıyordun değil mi? dedim.

- Hee, eşek satıyorum... dedi.

- Mesela bu eşeği kaça satarsın?

- Alıcısına göre...

- Biz alıcı olsak...

Güldü.

- Benimle dalga mı geçiyorsunuz? Sizin gibi bey takımı eşeği n'idecek?

- Ne yapacaksın sen canım... Alalım biz bu eşeği. Kaça vereceksin?

- Alıcısına göre, dedik ya... Sen mi alacaksın, yoksa bu gavur mu?

- O alacak...

- Ne milletten o herif?

- Amerikalı...

- Hımmmm... Yabancı değelmiş, bizden sayılır... Yahu, bu gayetle kart bir eşektir, söyle ona, bu eşek işine yaramaz.

Amerikalıya söyledim.

- Aman çok iyi, demek ucuza verecek... dedi.

- Kart olsun, razı o...

- Amerikalı'ya ayıp olur canım, sonra herif memleketine gider de Türkler beni kazıkladı, der.

Amerikalı'ya söyledim.

- Türk köylüsü çok saf, çok doğru insan... dedi, başka yerlerde olsa hemen satarlardı. Madem ki o bu kadar iyi kalpli bir adam, ben de ona çok para vereceğim.

Köylüye,

- Amerikalı razı... dedim.

- İyi ama Bey, bu eşek Amerika'ya varmadan yolda ölür. Hemi de bu eşek uyuzdur gayetle, her bir yanı vıcık uyuz...

- Sana ne canım, istiyor adam...

- Allah Allah... Yahu, bu kancık eşek değel ki bir işine yarasın.. Ne yapacak bu uyuz kart eşeği?

- Nene gerek senin? ... Sen alacağın paraya bak... Kaça veriyorsun şimdi bu eşeği?

Köylü,

- Çok merak ettim, dedi, hele bir sor o Amerikalı efendiye, onun memleketinde hiç eşek yok muymuş...

- Sizin memlekette eşek yok mu, diye soruyor.

Amerikalı biraz düşündükten sonra,

- Var ama, dedi, böylesi yokmuş, deyiniz...

Köylüye söyledim.

- Hımmmm.... Demek Amerikan eşeğini beğenmiyor da Türk eşeğine meraklı. Eh ne yapalım, benden günah gitti... Ben eşeğin herbi kusurunu saydım. Şimdi ecnebiyeden bir herifin hatırını kıracak değiliz ya, bir uyuz eşek için... Satalım öyleyse...

- Kaça?

- Sizin için onbine olur...

- Nee? Deli misin sen yahu, çıldırdın mı? En halis Arap cinsi koşu atı iki üç bin lira...

- Öyleyse eşeği nidecek, koşu atı alsın en halisinden...

Amerikalı'ya adamın onbin lira istediğini söyleyince,

- Ben demedim mi, dedi, alıcı oldun mu, bunlar böyledir işte... Demek kıymeti yüksekmiş diye çok para isterler. Ya halıyı almaya kalksaydık, yüzbin lira isterdi. Şimdi ben bu eşeğe onbin lira veririm. Ama, vermeye kalksam, ellibin ister... Onun için sıkı pazarlık etmeli..

Köylüye,

- Doğru söyle dedim, sen bu eşeği kaça aldın?

- Bende yalan yok, dedi, bak şimdi abdestliyim, yalan söyleyecek değilim ya... Ben bu eşeği, derisinden çarıklık çıkarmak için beş liraya aldım. Nasıl olsa bugün yarın geberir, ben de derisini yüzerim... Başka da bir işe yaramaz...

- İnsaf yahu... Beş liraya aldığın eşeği, nasıl onbin liraya satmaya kalkıyorsun?

- Canım biz satıcı olmadık, siz alıcı oldunuz.. Kart dedim, olsun diyor adam. Uyuz dedim, razı.. Kancık değil dedim, gene istiyor. Yarına çıkmaz ölür dedim, iyi diyor gene... Hele az daha unutacaktım, topal da bu eşek, ard ayağı aksar bunun...

- Olsun..

- Gördün mü? Demek bir kıymeti, bir kerameti var bu eşeğin benim anlayamadığım. Yoksa bu Amerikalı gavuru, ne diye uyuz ve de kart ve de erkek ve de topal bir eşeği almaya kalksın... Değil mi? Onbin... Aşağı kurtarmaz... Veremem...

Amerikalı'ya,

- Aşağı inmiyor, verelim mi onbini?... dedim.

İki saat pazarlık ettik. Arada bir vazgeçmiş gibi görünüp yürüdük. O hiç aldırmadı. Dönüp geldik yanına...

- Döneceğinizi biliyordum ben sizin... dedi.

- Nerden biliyorsun? dedim.

- Bilinmez mi canım? Böyle bir kelepir eşek düşürmüşsünüz, kaçıracak değilsiniz ya...

Cipin şoförüne, cipi götürüp, ilerde yol üstünde bizi beklemesini söyledim. Eşeği orda başıboş bırakıp cipe binecektik.

Neyse efendim, çekişe çekişe pazarlıktan sonra ikibinbeşyüz liraya uyuştuk. Paraları saydık eline. Köylü de, sırtındaki çulu alıp eşeğin yularını elimize verdi.

- Haydi hayrını görün! dedi.

Sonra da ekledi:

- Herhal ucuz gitti bizim kart uyuz eşek ya, neyse... Malın hayırını görün.

Amerikalı'nın gözleri açılmış, köylünün elindeki halı parçasına bakıyordu. Şimdi ne olacak?

- Aman belli etmeyelim, dedi, eşeği alıp biraz gidelim, sonra hiç umursamazdan gelip dönelim, "Aman eşeğin beli üşür, şu çulu ver de üstüne örtelim" diyelim... Adam, asıl halı parçasını istediğimizi sakın anlamasın...

Eşeği ipinden tutup yürüdük. Yürüdük dedimse lafın gelişi, biraz zor yürüdük... Amerikalı arkadan iter, en önden çekerim, eşek yine de yürümez bitürlü... Kart eşekte yürüyecek derman kalmamış... Halıyı köylünün elinden kurtarsak bir, eşeği bırakıp savuşacağız...

Eşeği ite kaka, yirmi otuz adım açıldık, köylü arkamızdan seslenerek seğirtti:

- Durun, durun, eşeğin şeyi kalmış...

Aman! Adam çulu kendiliğinden getiriyor diye bir sevindi ki... Adam koşup geldi, tepeyi aştı:

- Yahu, dedi, eşeğin kazık demirini unuttunuz. Amerika'ya götürünce bu eşeğin bağını nereye çakacaksınız? Düşünmezsiniz: Hiç kazıksız eşek alınır mı? Acemi olduğunuz nasıl da belli...

Ucu halkalı demir kazığı da aldık elinden...

Amerikalı bana:

- Hadi sırası, şimdi de halıyı iste... Aman belli etme... "Şu pis çulu da veriver" de...

Köylüye,

- Bu eşek çok zayıf, hastalıklı da... Üşüyecek yazık, dedim. Sen hayvanın üstüne eski bir çul örtmüştün, o pis çulu ver de üstüne atalım...

- Yooo, dedi, çulu veremem... Siz benden eşeği aldınız, çulu değil...

- Evet, eşeği aldık... Çulu da üstüne örtelim. Zaten eski, pis... Para da etmez.

- Evet, eski ve de pis... Ve de para etmez... Ama veremem.

- Neye?

- Veremem beyim... Baba yadigarı bir çuldur, verilmez... Atadan dededen kalma bir hatıra... Veremem...

Amerikalı'ya "Vermiyor, babadan kalma yadigarmış" dedim. "Ne işine yararmış sanki, sor bakalım" dedi.

- Bu pis çul parçası ne işe yarar sanki... dedim...

Köylü birden ciddileşti:

- Ne demek ne işime yarar, şimdi bir başka uyuz eşek alıp sırtına koyacağım. Kısmetim varsa, sizin gibi bir meraklısını bulur, Allahın izniyle onu da satarım. Bu çul bana uğur getirir, uğur... Ben size kazığı da üste bedavadan verdim. Ona bişey dedim mi?

- Canım çula da bikaç kuruş verip alalım, örtelim hayvana...

- Amma yaptın. Sonra ben eşekleri nasıl satacağım?... Beş yıldır kart uyuz eşekleri hep bu çul sayesinde satıyorum... Hadi güle güle... Varın malın hayrını görün...

Amerikalı'nın yüreğine inecek diye korktum. Koluna girdim.

Köylü bikaç adım açıldıktan sonra uzaktan seslendi:

- Eşeği bırakacaksanız, zahmet edip uzağa götürüp bırakmayın da hiç mi değil, yorulmayayım...

Eşeği orada bırakıp, cipin olduğu yere kadar yürüdük.

Amerikalı halı uzmanı,

- Başka yerlerde işte bu yoktu, hiç başıma gelmemişti, dedi, hepsi aynen, ama bu başka numara...

Cipe bindik. Kazık hâlâ elindeydi. Onu elinden atmıyordu.

- Ne yapacaksınız bu demir kazığı? dedim.

- Hatıra olarak bu kazığı, halı koleksiyonuma koyacağım, dedi, kıymetli bir kazık, ikibinbeşyüze çok ucuz aldık...

- Yaaaa, rezil olduk âleme, rezil.... Tuuuh...

"Rezil olduk" diye diye elini başına vurup duruyordu.

İSTİKBALİM OLMASA

Beyefendiciğim, hal tercümemi yazılı olarak arzetmiştim. Daha teferruatlı mı olsun, buyurdunuz? Başüstüne, arzedeyim efendim. Nasıl? En küçük teferruata kadar... Emredersiniz... Anladım, ta küçüklükten başlayarak... Evet, evet, hal tercümesi değil de, hatıratımı nakletmemi emir buyuruyorsunuz. Başüstüne... Hiçbişey saklamadan... Tabii... Ona ne şüphe... Bütün mahrem noktalarına kadar... Evet, evet, teferruatlı... Başüstüne beyim, başüstüne efendim...

Bendeniz Kanlıca'da doğmuşum. O kadar geriye gitmeyeyim mi, peki efendim, daha beriden başlayayım. Eveet, başımdan geçen büyük ve mühim vakaları... Anladım efendimiz.

Beyefendi, başımdan geçen ilk büyük vaka Numune-i Terakki mektebindeyken arkadaşlarla olan kavgamdır. Madem ki doğrusunu istiyorsunuz, hayatımda hatırlayabildiğim ilk mühim hadise Minüskül Mehmet'ten yediğim dayaktır. Yooo, ben o dayağı yemezdim, yemezdim ama, o Minüskül Mehmet dua etsin nöbetçi öğretmenine yoksa... Ufak tefek, cılız mılız, sıska bişey olduğundan Minüskül lakabını takmıştık.

Aşağı yukarı, durun bakayım, evet evet, altmış seneyi geçmiş. Bendeniz sıramda dalmış ders çalışırken, ensemde bir tokat patladı ki, hâlâ bugünkü gibi hatırlıyorum, gözlerimden ateş fışkırdı. Bir de döndüm, bu Minüskül Mehmet... Ben daha sesimi çıkarmadan "Ne vuruyorsun be!" diyerek bir tokat da suratıma aşketmesin mi? Ama ne tokat beyefendi, o sıska neresinden çıkarıyor o tokadı?... "Kim vuruyor?" dedim, demeye kalmadı, "Sen vuruyorsun ya..." diyerek bir tokat daha patlattı. Bütün sınıf da kahkahayla gülüyor. "Kendine gel kardeşim, benim sana vurduğum yok," derken, burnuma bir yumruk indirmesiyle bendeniz, affedersiniz, kıç üstü yere oturdum. Burnumdan kan boşanıyor. Mehmet "Vurmasana be... Şikayet ederim valla!" deyip bendenizi tekmelemeye başladı. Bir de arkadaş olacaklar, hepsi gülüyor bana... Onlara "Arkadaşlar, ben buna vuruyor muyum, siz söyleyin!" dedim, Minüskül Mehmet "Vuruyorsun ya..." diye yılışarak tekme yumruk tokat girişti.

Efendim, ben de ona vuracağım ama, vuramıyorum, zira muallim Halit Bey var... Halit Bey olmasa, ben onun pastırmasını çıkarırdım. Ah ne yapayım ki muallim bey var, olmasa, vallahi billahi ben o Minüskül'ü ayağımın altına alır da çiğneeer çiğner onu nokta yapardım ya, ne yapayım ki muallim bey var, olmasa, ben onu öldürürdüm vallahi... Baktım olmayacak, sınıftan bahçeye kaçtım da Minüskül Mehmet'in elinden kurtuldum. Ah muallim Halit Bey olmasaydı, o zaman görürdü o...

Efendim, hayatımdaki hatırlayabildiğim ikinci mühim vaka mahalledeki çayırlıkta arkadaşlarla top oynarken başımdan geçti. Geçmiş gün, onbeş onaltı yaşlarımda var yokum. O zamanlar ayaktopu oyunu İstanbul'a yeni yeni girmişti. Bendeniz karşı kaleye gol attım, atınca, affedersiniz, Malak Hakkı dediğimiz bir çocuk vardı, huzurunuzda söylemeye hicap ederim, bendenize "hassi!" dedi. "Sensin" dedim, dememle bu Malak Hakkı üstüme atıldı. Ben vuramıyorum ki... Bizde aile terbiyesi var, biz aile terbiyesi almışız. Malak Hakkı vuruyor da vuruyor, ağzım burnum çarşamba pazarına döndü. Ben ona bilirdim yapacağımı ama aile terbiyesi... Vallahi ben onu orda pestil gibi ezerdim, ama aile terbiyesi olmasa... Kim, ben, bendeniz? Aile terbiyesi olmasa, yerdim onu...

Hatırlayabildiğim başımdan geçmiş mühim bir vaka da, yirmi yaşlarında delikanlılardık, bigün kahvede tavla oynarken oldu. Tavla oynadığımız, adını unuttum, arkadaş birdenbire tavlayı kaldırıp kafama geçirmez mi... Gözlerimden yıldızlar çıktı, neye uğradığımı şaşırdım, beyefendi. Ben de ona vuracağım, vuracağım ama, ah peder olmasa... Bizde pedere saygı büyük. Dua etsin pedere, yoksa ben onu orada çiğ çiğ yerdim. Ah peder olmasa, yoksa peder var... Pederin kulağına gider diye hiç sesimi çıkarmadım, eczaneye gidip başımı sardırdım.

Sonra efendim, hiç unutmam, bir Sonbahar günüydü. Malum ya gençlik, o zaman bir kızla muaşakamız var. Ailesinden isteteceğim de evleneceğiz. Bir akşam üzeri kırlarda geziniyoruz. Üstümde de kalın bir palto var. Biz dalmış gezinirken çalıların arkasından hop diye eciş bücüş bir adam çıkıp da kızı elimden almaya kalkmaz mı? Biz adama kız kaptırır mıyız beyfendi!... Herifi de görseniz üfürsem uçacak, başladık kavgaya... Fakat bendenizin sırtında gayet ağır ve bol palto var... Paltodan vuramıyorum ki herife... Ah palto olmasa, o zaman görür o, ama ne yapayım ki palto var. Kör olsun paltonun gözü! Herif kızı zorla aldı, çalılıklara sürüklüyor. Kız bendenize "Tuh sana, sen ne biçim erkeksin!.." diye bir de utanmadan bağırmaz mı? Sanki sırtımdaki koca paltoyu görmüyormuş gibi... Ben de kıza "Palto olmasaydı... Ben onu ne yapardım ama" dedim.

Sonra efendim, gel zaman git zaman, evlendim. Peder de, sizlere ömür, vefat etmişti. Hep bir evde oturuyoruz, annem alt katta, biz hanımla üst kattayız. Geçmiş zaman, şimdi sebebini unuttum, daha evliliğimizin ikinci ayı mı, üçüncü ayı mı ne, bizim refika birden her nedense tehevvüre kapılıp da üstümüze yürümez mi!.. Eline ne geçerse kafama fırlatıyor. Fırlatacak bişey kalmayınca, ispenç horozu gibi tepeme binip saçımı başımı yolmaya, tırmıklamaya, ısırmaya başladı. Bişey değil, aşağı katta annem duyacak. Alt tarafı kadın, beyfendi, elimin tersiyle vursam, yıkılacak. Ah annem olmasa, ben bilirdim ona yapılacak şeyi ama, annem var... Annemin yüzünden hiç sesimi çıkarmadım. Bir ay kadar tedaviden sonra ayrıldık.

Derken efendim, yaş otuz, otuzbeş... Bir gece yarısı bir tıkırtıyla yataktan fırladım ki, odaya hırsız girmiş, dolabı karıştırıyor. Bilsem, uyur gibi yapardım, hırsız olduğunu bilir miyim, bikere sıçramış bulundum. Adam benim uyandığımı görünce üstüme saldırmaz mı!.. Tam işte yavuz hırsız, evet evet, ev sahibini bastırıyor. Herifi de görseniz, bir sıkımlık canı var. Siz olsanız ne yapardınız? Vurursunuz... Ben de vuracağım ama, ya elimde kalırsa, ya ölürse... Sonra kanun? Ah kanun olmasa... Herif seni yorganın altında boğacak. "İmdat!" diye bağırdıkça bastırıyor. Boğulmuş gibi yaptım da, herif de evde ne var ne yok aldı gitti. Dua etsin kanuna! Yoksa ben onu ayağımın altına alır, leşini sererdim.

Sonra ikinci bir kere evlendim. Bir iş için Ankara'ya gidecektim, tireni kaçırdım. Gece eve döndüm. Karım uyanmasın diye ayaklarımın ucuna basarak yatak odasına girdim. Madem her şeyi açık açık anlat dediniz, ben de bişey saklamadan anlatacağım.

Baktım, yatakta bir acaip hareketler var. Yalnız hareket olsa iyi, ayıptır söylemesi, fısır fısır da konuşuyorlar: "Canım, şekerim, yavrum, hayatım..."

Birden tepem attı. Namus bu beyefendi, başka şeye benzer mi?... Hemen tabancayı çekip, dan dan dan... ikisini de temizleyeceğim... Tabanca mı? Üstümde tabanca yok tabii, taşımam beyfendi... Olsun... Erkek namusu için yaşar. Dan dan dan... Namusumu temizleyeceğim, gelgelelim, gecenin bir vakti, konu komşu ne oluyor diye uyanıp kalkacak... Ah konu komşu olmasa!... Ben onların ikisini de oracıkta eşşek cennetine göndermez miydim, yoksa komşular var... Dua etsinler komşulara. Hiçbir şey olmamış gibi, ayaklarımın ucuna basarak dışarı çıktım.

Boşanacaktım beyfendi, evet, iyi tahmin buyurdunuz, velakin tam boşayacaktım, çocuk oldu. Arkadan bir daha...

Yazlığa taşınmıştık. Bir gece gene karımı, affedersiniz... Evet öyle... Uygunsuz vaziyette... Evet annem yok... Evin etrafında da konu komşu yok, yok ama çocuklar var. Ah çocuklar olmasa... Ben bunları bastırınca, sanki onlar bana baskın yapmış gibi herif üstüme yürümez mi, hem de çırılçıplak... "Efendi, giyin de gel!" diyorum, anlar mı kudurmuş... Ah çıplak olmasa... Elim orasına burasına değiyor Beyfendi... Hem herif saldırıyor, hem de karım. Çocuklar olmasa bilirdim yapacağımı... Ne mi yapardım, ayrılırdım tabii... Ama neylersiniz ki, çocuklar var da boynum eğri... Bir hafta istirahatle işi geçiştirdik, sineye çektik. Dua etsinler çocuklara... Yoksa ben onların ikisini de tepelerdim ya...

Bir mühim vaka da dairede geçmiştir. Müdürden çekmediğim kalmadı. Artık o hale geldi ki, bana herkesin içinde hakarete, hatta küfretmeye başladı. Dayanılır gibi değil... Şikayet edeceğim, fakat Allah korkusu var, adam ekmeğinden olacak... Allah korkusu olmasa... Bigün de memur arkadaşların içinde tuuu diye suratıma tükürmez mi?.. Ne yaparsın... Hicap diye bişey var, hicap olmasa... Artık o hale geldi ki, nerdeyse müdürü boğup öldüreceğim. Öldüreceğim ama, o da beni şikayet edip işten attıracak, hanede evlad-ü ayal var... Ah efendim ah, kör olası hanede evlad-ü ayal olmasa... Yoksa ben durur muydum...

Bigün de dairede, karşıma eshab-ı mesalihten bir kadın gelmiş, yanında da beş yaşlarında kadar bir çocuk... Kadın, nasıl olduysa bişeye kızıp mürekkep hokkasını kafama fırlatmaz mı... Hey Allahım... Onlar iki kişi, ben bir kişi... İki kişi olmasalar bilirim yapacağımı... Sonra da kadın olmasa görürdü gününü...

Neyse efendim, emekliye ayrıldım da kurtuldum şükür... Çocuklardan küçüğü Almanya'da, büyüğü kızdır, çoktan evlendi. Hanım da vefat etti. Şimdi yalnızım...

Başka mı? Başka başka?... Başka mühim vaka? Haaa, evet... Geçenlerde kiracı hiç yoktan üstüme yürüdü, kafama ayakkabı fırlattı. Bakınız hâlâ alnımda izi duruyor... Ah ihtiyarlık... Eskiden olsa, yanında bırakır mıydım...

Yaşım mı? Yetmişüç efendim... Şimdi zatıalinize gelirken, affedersiniz bir edepsizin taarruzuna uğradım. Neden mi, bilir miyim beyfendi... Edepsizlik işte... Otobüste gidiyorduk, "Çekil karımın arkasından" diye, suratıma bir yumruk indirmez mi?... Bakın hâlâ yeri var, kızarık değil mi?...

Ne mi yaptım? Ne yapılır beyfendiciğim, benim istikbalim var... İstikbalim olmasa ben onu orada sağlam bırakır mıydım... Vallahi billahi alırdım ayağımın altına da gebertirdim. Yoksa istikbal... İstikbalim olmasa, görürdü gününü...

İşte bu kadar beyfendi...

ULUSAL KONUKSEVERLİK

Bir taşra ilinde kitapçıdır. Başlangıçta mektuplaşıyorduk. Mektuplarından anladığıma göre ilerici bir gençti. Her ilkyaz gelişinde beni kitapçılık yaptığı il'e çağırıyordu. İşlerimin çokluğunu, yorgunluğumu ileri sürerek gelemeyeceğimi yazıyordum. O beni çağırmaktan vazgeçmemişti. Okurlarımın benimle tanışmaktan pek sevineceklerini, beni beklediklerini yazıyordu. Doğrusu, hiç görmediğim o il'e gitmeyi, orada biriki gün kalmayı ben de çok istiyordum. Ama işlerimin çokluğundan zaman bulamıyordum.

Bir ilkyaz günü genç kitapçı İstanbul'a gelmiş. Telefonda soruyordu: Evimde ziyaret edebilir miymiş...

Terslik işte, çok çetrefil bir yazı üzerinde çalışıyordum, hiç zamanım yoktu. Ama bir yazarın zamansızlığını okurlarına anlatması zordur.

Ne zaman geri döneceğimi sordum. İki gün önce geldiğini, bu akşam uçakla döneceğini söyledi. Demek, onun da zamanı yoktu. Kendisini evde beklediğimi söyledim.

Üçdört yıldanberi mektuplaştığımız genç ve ilerici kitapçı, çok geçmeden evimdeydi. Eli boş gelmemiş, bir kutu içinde bölgesinin yetiştirdiği ünlü yemişten getirmişti. İncelik gösterip çok zamanımı almayacağını söyledi ama, yine konuşmamız, çay içmemiz bir saati geçti. Tatlı bir yerel ağızla konuşuyordu. Kendikendini yetiştirmiş bir taşra aydınıydı. Bu insanları severim ama uzaktan... Her sevdiğim insana biriki saatimi ayırırsam, yazarlığa veda etmem gerekir ki, son yıllarda olan da budur. Okurlara kitaplarımı imzalamak için taşra ilindeki kitapçı dükkanına gelmemi, o taşra ilinde biriki gün konuğu olmamı istiyor ve üsteliyordu. Orada dinleneceğimi söylüyordu. Dinlenmek! İşte beni kandıran bu söz oldu.

O taşra iline gidiş tarihimi saptadık. Genç kitapçı da benden söz almanın sevinciyle gitti.

Sözverdiğim tarihte o taşra ilinin havaalanındaydım. Genç kitapçı bir arkadaşıyla birlikte beni karşıladı. Arabasıyla yola düzüldük.

Uçak, geç saatte olduğu için o il'e geceleyin varmıştım. Bu geç saatte doğru otele götürüleceğimi sanıyordum. Akşam yemeği bile istemiyordum ama, böyle çağrılarda içkili şölenden kurtulmak zordu. Bunu bildiğim için yemek yemeden yatıp dinlenmek istedimse de aldığım yanıt şu oldu: "Yooo.. yemek yemeden yatılır mıymış!"

"Konuk, evsahibinin eşeğidir" atasözünü anımsadım. Değil mi ki, konukluğu kabul etmiştim, öyleyse evsahibinin rica yumuşaklığına sarılmış buyruklarını yerine getirmek zorundaydım.

Kalacağım otele gidip önce çantamı bırakacağımı, elimi yüzümü yıkayacağımı, sonra belki de otelin restoranında yemek yiyeceğimizi sanıyordum. Oysa arabamız önce boş yerlerden geçip, ışıklı mağazalar, büyük yapılar arasından, aydınlık caddelerden de geçtikten sonra bir karanlık batağına gömüldük. Perdeleri sıkısıkıya kapalı pencerelerden tektük sızan ışıklar görünüyordu. Anladığıma göre beni konuk edecekleri otel bakımsız bir semtteydi.

Araba, bikaç çukura girip çıktıktan sonra bir büyük karaltı önünde durdu. Bu büyük karaltı, kalacağım otel olmalıydı. Arabadan indik. Kapıdan hiçbir ışık yoktu. Evsahibim, kapıdaki zili çaldı. Kapı açıldı. İçerisini çıplak bir ampul aydınlatıyordu. Kapı ağzında köylü giyimli bir kadınla çocukları bizi karşıladı. Kadının, biri karnında olmak üzere dört çocuğu vardı. Karnındaki doğmak için sayılı günleri bekliyordu. Çocuklardan biri kucağındaydı. Birinin elinden tutmuştu. En büyük çocuk annesinin eteğine yapışmıştı.

- Buyrun!

Geldiğimiz yerin otel değil, bikaç yıldır üsteleyerek beni çağıran genç kitapçının evi olduğunu sonunda anlamıştım. Kapıdan girerken,

- Gecenin bu saatinde rahatsız etmeyeyim... dedim.

- Ne rahatsızlığı... Estağfurullah... Buyrun, buyrun...

Burası entipüften bir apartımanın alt katıydı.

Genç kitapçı, üç çocuk anası, bir de yedi sekiz aylık gebe karısına sordu:

- Sofra hazır mı Hanım?

Kadın bana, hoşgeldiniz deyip elimi sıktıktan sonra, kocasına sofranın akşamdanberi hazır olduğunu söyledi.

Girdiğimiz odada, yemek masası gerçekten hazırdı, elbet rakı şişesi de... Masanın altına sofra bezi yayılmıştı. Arabada bizimle gelen öbür kişinin de üç çocuklu kadının kardeşi olduğunu eve gelince öğrenmiştim.

İki canlı kadının bunca hazırlığından sonra karnım tok diye yemek masasına oturmamak çiğlik olurdu. Nasıl olsa yemekten sonra otele gideceğime göre biriki saat bu sıkıntıya katlanabilirdim.

Yerel yemekler, mezeler gerçekten çok nefisti. Karnındakini saymazsak, üç çocukla o kadının onca yemeği nasıl yaptığına şaşmıştım. Başka bir odaya alınan ya da kapatılan çocukların huysuzlukları, yaramazlıkları sayılmazsa, yemekteki söyleşi pek sıcak değildiyse de pek de soğuk geçmedi. Bir ayak önce canımı otele atmak istediğim için,

- Müsaadenizle... Eh, artık ben gideyim... dedim.

Evsahibim şaşkınlıktan açılmış gözleriyle sordu:

- Nereye?

- Otele. Beni otele bırakmayacak mısınız? dedim.

İkisi de yalvarır gibi bir şeyler söylediler ama, ne dediklerini, ne demek istediklerini uzun zaman anlayamadım.

Yerli diyalektle şöyle bişeyler söylüyorlardı:

- Sen beni öldüresen daha eyi ağabey... Beni rezil edeceksen melmekete... Beni on paralık edeceksen... İstanbul'dan bir konuğu gelmiş de evinde ağırlayamamış dedirteceksen... Oy kurban olam ağabey... Böyle bir konuğunu çağırmış, getirtmiş de, sonra başından otel odalarına atmış dedirtme bana. Olmaz ağabey, olmaz! Beni bednam edersin ki, melmekette bir dile düştük mü, çoluk çocuk yedi göbek kurtulamayız bu lekeden... Sen bu evden otele gidersen ben ya kendimi vurup öldürmeliyim, ya kendimi gurbet illere atmalıyım. Etme ağabey, beni perperişan etme agabey...

Başlangıçta ne dediğini anlayamamıştım. Sonra sonra anlar gibi oldum. Benim gece evinde yatmamı istiyor, otele gitmemi istemiyordu.

Kendi anlatımıyla beni "otel köşelerine" bırakmak istemiyordu.

Ne söyleyeceğimizi şaşırdım. O şaşkınlıkla,

- Sizi rahatsız etmek istemem, otelde kalmam daha uygun... dedim.

- Estağfurullah... Ne rahatsızlığı, hangi rahatsızlık?... Siz yabancı mısınız ki sizden rahatsız olak?

Teşekkür ettim. Ama evde kalamayacaktım.

- Biliyorum rahatsız olmayacağınızı... Ama sizi rahatsız edeceğim korkusuyla ben rahatsız olurum.

Ne desem boş... Bu kez herkesin ayrı ayrı huyu olduğunu, örneğin benim, ayıptır söylemesi, geceleri pijamasız yatmak gibi bir huyum olduğunu, bu nedenle otelde yatmayı yeğlediğimi söyledim.

Yanıtı hazırdı:

- İster donla yat, ister donsuz.. Keyfin bilir...

Ne desem, evsahibinin elinden kurtuluşum yoktu. Sonunda o geceyi evde geçirmeye razı olmuştum. Sabah ola hayır ola. Ertesi sabah, bir yolunu bulup canımı otele atacaktım.

Evde yatacağım güvencesini alan evsahibim, maksadının beni rahat ettirmek olduğunu söylüyordu. Doğrusu, beni rahat ettirmek istediğinde hiç kuşkum yoktu, ama bu koşullardaki bir evde, otelden daha rahat etmiyeceğimi de biliyordum.

Yol yorgunluğumu ileri sürerek erken yatmak istediğimi söyledim. Erken dediğim, gecenin birbuçuğuydu. Yatmak istediğimi söylemesem, belki de boş sözlerle sabahı edecektim.

Yatak odası neresiyse oraya gideceğimi sanıyordum. Yatak odası yemek yediğimiz odaymış.

Yemek masasının üstündekileri bir bir dışarı çıkardılar. Masayı odanın bir köşesine çektiler. Kadın masanın altına serili sofra bezini toplayıp dışarı çıkardı. Sonra iki erkek, dışardan iki şilte getirip üstüste koydular. Daha sonra yastıkları, çarşafı, battaniyeyi, yorganı getirdiler. Yatak hazırdı.

- Allah rahatlık versin! deyip çekildiler.

Bisüre evin içini dinledim, helanın boşalmasını bekledim. Tam sessizlik olup el ayak çekilince dışarı çıktım. Gürültü etmemek için ayaklarımın ucuna basarak yürüyordum. Karanlık koridorda elektrik düğmesini bulmam zor oldu. Birden ayaklarıma bişey dolandı. O şey her neyse ondan kurtulmak isterken az kaldı yuvarlanıyordum. Ayaklarımın arasında dolanan kedinin üstüne basmışım. Kedi can acısıyla öyle bağırmıştı ki, uyuyanların hepsi uyanmış olmalıydı. Helaya girdim, daha doğrusu hela olduğunu sandığım bir yere girdim. Kokusuna bakılırsa girdiğim yer hela olmalıydı, ama görünümü küçük bir ambar, depo gibi bir yerdi. Orda üst üste yığılmış bir sandık, büyükçe bir sepet, bir bisiklet, ciltleri dağılmış kitaplar, biri küçük biri büyük leğen, bikaç çift ayakkabı, boş şişeler ve daha bunlar gibi bisürü ıvır zıvır eşya vardı. Bütün bu ıvır zıvır arasında hela öyle bir yere gizlenmişti ki, bitürlü bulamıyordum. Elimden gelse apdest etmekten vazgeçecektim, ama bu olanaksızdı. Affedersiniz, çok da sıkışmıştım. İzleye izleye kokunun yoğunlaştığı yere giderek, kutuların, gazete yığını ve kirli çamaşırların arasına ve altına gizlenmiş tuvaleti bulmayı başardım. Klozet kırıktı, ama çok sıkıştığımdan benim gözüm kırık mırık görecek gibi değildi.

Rezervuarın zinciri yerine uçkur gibi bişey bağlanmıştı. Ucundan tutup çektim. Çekmekle birlikte, ev zangırdayarak temelinden sarsılmaya başladı. Gerçek bir deprem oluyordu. Ne yapacağımı, nereye kaçacağımı bilemedim. Neyse ki sarsıntı uzun sürmedi. Sarsıntı ve gürültü dinmişti. Onca sarsıntıya, gürültüye karşın depodan bir damla su akmamıştı. Şaşkınlıkla helanın kapısını açınca uzun donlarıyla yataklarından fırlamış iki erkeği karşımda buldum. Kitapçı,

- Ah, dedi, size söylemeyi unuttuk, bu helanın su deposu çalışmaz, sifonu çekince hep böyle gürültülü sesler çıkarır.

- Salt gürültülü sesler değil, sarsıntı da oldu. Ben deprem oluyor sanmıştım.

İki uzun donlu adam, bana helanın nasıl temizleneceğini öğretti. Yerde bir kova duruyordu. Kovanın içinde bir oturak vardı. Oturak, kovadan çıkarılacak, kovaya musluktan su doldurulup helaya dökülecekti.

Konuksever evsahibine,

- Siz çok haklısınız, dedim, her evin kendine özgü kullanım biçimi vardır. Bunları size sorup öğrenmeliydim. Suç benim.

İki uzun donlu adam yatak odalarına giderken bişeyi ayrımsadım. Bu iki adam aynı odada yatıyor, kadınla üç çocuğu ayrı bir odada yatıyordu. Çünkü, bulunduğumuz katta, mutfak ve hela kapılarıyla üç oda kapısından başka kapı yoktu.

Onlar odalarına girince ben de yüzümü yıkamak için lavaboyu aramaya başladım. Lavabo aramakla kolay kolay bulunacak bir yerde değildi, ola ki rastgele... Şansım varmış, uzunca bir aramadan sonra elim lavabonun musluğuna çarptı. Çok şükür, elimi yüzümü yıkamak için musluğu bulmuştum. Ama musluğun çevirgeni iple sıkı sıkıya bağlanmıştı. Bir zaman musluğu nasıl açacağım diye düşündüm, ama bir yolunu bulamadım. Musluğun çevirgeni iple bağlıyken bile musluktan su damlıyordu. Yavaşça musluğun çevirgenini çevirdim. Musluktan birden su boşandı, şarıl şarıl su akıyordu. Musluğu kapatmaya çalıştıkça daha çok su fışkırıyordu. Ne yapacağımı şaşırmıştım. Öylece bırakıp yatmayı düşündüm ama, musluktan akan su lavabodan taşıp yere yayılıyordu. Bikaç saat içinde bütün ev su içinde kalabilirdi. Kendikendime sövüp sayıyordum, ne diye bu adamın sözüne uyup da evde kalmıştım, ne diye bir otelde yatmak için direnmemiştim!

Bir zaman muslukla boğuştumsa da boşuna... Üstüm başım sırılsıklam olmuştu. Sonunda evsahibini uyandırmaktan başka umar bulamadım. İki sesli horultunun geldiği odanın kapısını tıklattım. Yanıt, iki ayrı sesten iki horultuydu.

Ne olursa olsun evden kaçıp gitmeyi düşünmedim değil. Ama gecenin bu sabaha yakın saatinde bilmediğim bir ilin karanlık sokaklarında nereye gider, oteli nasıl bulurdum...

Kapıya daha hızlı vurmaya başladım. Biri ince ve ıslıklı, öbürü gemi zinciri boşanır gibi gürültülü horultudan başka yanıt yoktu. Kapıyı açıp gitmekten başka umar yoktu. Öyle yaptım İki erkek bir yatakta koyun koyuna horluyordu. Yarım saat kadar dürtüp dürteledikten sonra uyandırabildim. Kitapçı telaş ve coşku içinde ne olduğunu sordu. Merak edilecek bişey olmadığını, ancak musluktan taşan suyun evi bastığını, çok uğraştımsa da suyu kesmeyi başaramadığımı söyledim. Belki on-onbeş dakika kadar, kim olduğumu, ne dediğimi anlamaya çalıştıktan sonra kitapçıyla akrabası don paça yataktan kalkıp önüme düştüler. Helanın döşemesi ayakbileklerine kadar su dolmuştu. İki adam birden musluğun üstüne atıldı. İple bağlı muslukla aralarında dehşetli bir savaşım başlamıştı. Bu savaşım sonunda, eski ipi çözüp musluğu başka bir iple bağlayarak musluktan akan suyu durdurmayı başardılar. Ama bu kez de, musluktan bir bekçi köpeği gibi hırıltı yükselmeye başladı. İki adam, yerde göllenmiş suyu akıtmaya çalışırken biyandan da beni yatağıma göndermeye çalışıyordu.

- Siz haydi uyuyun... Yatın!

İşte böyle, her evin bir özelliği olduğunu bana açıklamaya çalışıyorlardı. Musluk öyle şiddetli hırıltılar çıkarıyordu ki, bu hırıltılar arasında yatıp uyumam olanaksızdı. Hırıldayan musluk benzin motoru gibi aradabir pat pat patlıyordu. Bu gürültüye tavandan gelen bir gürültü daha eklendi.

Kitapçı, önemli bişey olmadığını, üst katta oturanların musluğun hırıltısının kesilmesi için tavana sopayla vurduklarını, komşulukta böyle şeylerin olabileceğini, kendilerinin daha bunun gibi ne gürülütlere, hırıltılara katlandığını söylüyordu.

Bu arada kitapçının karısının sesi duyuldu. Yattığı odadan,

- Vanayı kapatın! Vanayı kapatın! diye sesleniyordu.

Hiç kuşkusuz böyle durumlarda yapılması gereken en doğru iş vanayı kapatmaktı ama daha önce vananın yerini bulmak gerekiyordu. Uzun bir aramadan sonra bulunan vanayı kapatınca, hırıltı da, akan su da kesilmişti.

O gece evsahibi üçüncü kez allah rahatlık versin diyerek beni yatağıma gönderdi. Çok uykum vardı ama o devingen gecenin yorgunluğundan sinirlerim bozulduğu için uyuyamıyordum.

Tam dalar gibi olurken, o zamana dek hiç duymadığım bir gıcırtıyla uyanıyordum. Yattığım yerde uzun zaman bu gıcırtının ne sesi olabileceğini düşündüm. Boğazlanan bir büyükbaş hayvanın yürek paralayan sesi, kağnı tekerleklerinin gıcırtısı, bir sopanın viyola yayları üstünde çıkardığı ses, daha bunlar gibi bişey olabilirdi. Tam uykuya dalar gibi olurken bu sesle sıçrıyordum. Sonunda bir sesin, yattığım oda kapısının çıkardığı gıcırtısının tıpkısı olduğunu anladım. Bütün kapılar açılıp kapandıkça boğazlanan hayvan sesleri çıkararak gıcırdıyordu. Neyse ki sabaha doğru helaya gidiş geliş durmuş, ben de dalar gibi olmuştum ki, bir kedi miyavlamasıyla sıçradım. Bir kedi hem kapıyı dışardan tırmıklıyor, hem sürekli miyavlıyordu. Bu az önce helaya giderken ayaklarıma dolanan kedi olmalıydı. Benim yattığım odada uyumaya alışık olmalıydı ki, odaya girmek için kapıyı tırmalayıp duruyordu. Kedi, inadından vazgeçer diye uzun süre bekledim. Sonunda kedinin inadına yenilip kapıyı açtım. Kapıyı açar açmaz kedi yatağa sıçradı. Bu yatakta yatmaya alışık olmalıydı. Ama ben kediyle koyun koyuna yatmaya alışık değildim. Yatağı kediye bırakıp bisüre sandalyede oturdumsa da sonunda dayanamayıp kedinin koynuna girmek zorunda kaldım. Kedi bu yatağa alışık olmalıydı ki, durumundan hiçbir şikayet belirtisi göstermeden koynuma iyice sokularak kıvrılıp yattı. Ama beşon dakika sonra kedinin pireleri vücudumu istila ettiğinden hart hart kaşınmaya başlamıştım. Lambayı yakıp iç çamaşırlarımda pire avına başladım. Sonunda, ne yapsam içinden çıkaramadığım yatağı kediye teslim ederek yarı çıplak durumda sandalyeye tünedim. Perdeyi aralayıp baktım, hava yavaş yavaş aydınlanmaya başlıyordu. Başımı dirseğime dayayıp uyumaya çalışırken çocuk cıvıltılarıyla uyandım. Evin üç çocuğundan yaşları dört beş gösteren iki afacan odama dalmıştı. Üçüncüsü, yaşı küçük olduğundan anasının koynunda uyuyor olmalıydı. Odama giren çocuklardan biri, niçin don gömlek sandalyeye tünemiş ve niçin yatağa girmemiş olduğumu sordu. Yatakta kedinin yattığını söyledim. Küçüğü, kahkahalar atarak kediyle birlikte yatağa sığmıyor muyum diye sordu.

- Bak işte böyle! diye yatağa girerek, kediyle yatağın nasıl bölüşüleceğini gösterdi.

Sinirlerim bozulmuştu. Çocukların çocuk olduklarını unutup,

- Defolup odanıza gitsenize! diye bağırdım. Odalarının burası olduğunu, her sabah her saatte annelerinin koynundan çıkıp bu odada kediyle birlikte yatan babalarının koynuna girdiklerini söylediler.

Bu evde olup biten her şeyi azçok anlıyordum da bütün gece odanın içinde cirit atan farelere, kedinin niçin ses çıkarmadığını hiç anlamıyordum. Bunu da çocuklardan öğrendim. Kediyle fareler bir arada büyüdüklerinden birbirlerine alışıkmışlar. Hatta geçen yıl kedi enciklemiş de, kendi eniklerini emzirirken fare yavrularını da emziriyormuş. Kedinin eniklerini, pazar yerindeki kasap dükkanlarının olduğu yere bırakmışlar.

Çocukları odadan ve yataktan çıkaramayacağımı anlayınca üstümü başımı giyindim, odanın içinde gezinmeye başladım. Geceki deneyimden sonra hela aralığındaki muslukta yüzümü yıkamaktan korktuğum için böyle bir girişimde bile bulunmadım. Ama vapur düdüğü, fabrikanın işbaşı düdüğü, tiren düdüğü ve azgın köpek hırlaması gibi seslerden musluğun bikaç kez açılıp kapandığını, hela sifonunun çekildiğini anladım.

Hava iyice aydınlanmıştı, ama ben o evde hep karanlıkta kalmayı yeğlerdim. Çünkü havanın aydınlanmasıyla birlikte kara sinekler ortaya çıktı. O denli çok sinek vardı ki, sineklerden kendimi korumam olası değildi. Sinekler burnuma, gözüme, kulağıma, ağzıma ve özellikle dudaklarıma konuyordu. Sineklerden korunmak için kendikendimi şamarlamaya başlayınca yataktaki iki kardeşin gülüşmeleri büsbütün sinirlerimi bozdu.

- Gülecek ne var? diye bağırdım.

Bu sert çıkışım, çocukların daha çok gülmelerine neden oldu.

Biraz sonra çocuklar yatakta tepişirlerken kavgaya başladılar. Boşuna onları ayırmaya çalıştım. Neyse ki o sırada kapı tıklatıldı.

- Buyrun! dedim.

Çocukların babası günaydın diyerek girdi. Ağlaşan çocuklarını azarlayarak odadan koğdu.

Niyetim ilk uçakla hemen İstanbul'a dönmekti. Ne yazık ki ilk uçak üç gün sonraydı.

Az sonra kitapçının akrabası da geldi. İki erkek yer yatağını derleyip toparlayıp dışarı çıkardı.

Üç çocuk annesi kadın da çocuklarıyla birlikte geldi.

Kitapçı, gece rahat uyuyup uyumadığımı sordu. Konuk olmanın gereği olarak geceyi çok rahat geçirdiğimi söyledim.

Evsahibim,

- Tabii canım, dedi, ev başka otel başka...

Öbürü

- Hiç otelle ev bir olur mu... diye ekledi.

Kitapçı,

- Bura sizin büyük kentler gibi değil... dedi.

- Ne gibi? diye sordum.

Burda saygın konukları otele atmak çok ayıp sayılırmış.

Kadın, masayı odanın ortasına getirip kahvaltı sofrasını hazırladı.

İkinci, üçüncü geceki konukluğum ilk geceden farklı değildi. Ancak şu var ki, üçüncü gece uykusuzluktan mı, yoksa bu evin yaşamına alıştığım için mi nedir bilmem, sızıp kalmış, tulum gibi uyumuştum.

Üçüncü günü o ilden ayrılıyordum. Uçağa beni uğurlarken kitapçı ve akrabası,

- Bunu saymıyoruz... Sık sık gelin, yine buyrum... Bekleriz! diyorlardı.

O denli iyi niyetli insanlardı ki, konukseverliklerine teşekkür ederek, aralarında unutulmaz zamanlar yaşadığımı söylemekle yetindim.

SINIR ÜSTÜNDEKİ EV

Eve taşındığımızın ikinci günüydü. Sağ yanımızda bir komşu var. Yol önlerinden geçiyor. Pencerenin önüne oturmuş bir yaşlı adam,

- Bu evi tutmasaydınız iyi olurdu, dedi.

İhtiyara sert sert baktım:

- Bizim bildiğimiz bir kiracı bir eve taşındı mı, konu komşu "güle güle oturun"a gelirler. Taşınmasaydınız iyi olurdu, ne demek? Komşuya böyle mi söylenir?

İhtiyar oralı bile olmadan,

- Benden söylemesi, dedi, o eve hırsız girer de ondan söyledim.

Bizim eve hırsız girer de öbürlerine girmez mi?

Cansıkıntısıyla cigara almak için köşedeki bakkala girdim.

- Ne sözünü bilmez adamlar var, dedim.

Bakkal,

- Hayrola? dedi.

- Bizim evin yanında bir bunak oturuyor. Evlerinin önünden geçerken "Sizin eve hırsız girer. Taşınmasaydınız iyi olurdu" demesin mi?

Bakkal,

- Doğru söylemiş, dedi, taşınmasaydınız iyi olurdu. O eve hırsız girer.

Bitek kelime söylemeden dışarı çıktım. O gün akşama kadar canım sıkıldı. Gece, sol yanımızdaki komşular oturmaya geldiler. Gece yarısına doğru tam giderlerken, komşumuz,

- Burası iyi evdir ama, hırsız girer, dedi.

Bunları kapıdan çıkarken söylediği için "neden bu eve hırsız giriyor da sizin evlerinize girmiyor?" diye soramadım.

Karım, canımın sıkıldığını görünce, güldü:

- Ayol, anlamıyor musun, dedi, şimdi kiracılar evden çıkarmanın bin yolunu bulmuşlar. Demek, bir yolu da bu. Eve hırsız giriyor diye korkutup bizi evden çıkaracaklar. Evin kirası ucuz olduğundan ya kendileri taşınacaklar, ya da bir tanıdıklarını getirecekler.

Aklım yattı ama, yine de gece gözümü uyku tutmadı. Hırsızı, randevu vermiş gibi, ha geldi, ha gelecek diye bekliyordum. Derken uyuya kalmışım. Bir tıkırtı ile fırladım. Fırlamamla yastığın altındaki tabancayı alıp,

- Kıpırdama, yoksa yakarım!.. diye karanlığa doğru bağırmam bir oldu. Eve yeni taşındığımızdan, elektrik düğmesini bir türlü bulamıyorum. Elektrik düğmesini bulacağım diye kendimi o duvardan bu duvara çarpıyorum. Derken ayaklarıma bir şey takıldı, şangırtıyla kendimi yerde buldum. Hırsız çelme taktı diye az kalsın tabancadaki kurşunları herifin karnına dolduracaktım ama, yuvarlanırken tabanca bir yana gitmiş, ben de bir yana... Karanlığın içinden,

- Hah, hah, hah!.. diye insanın tüylerini diken diken eden bir kahkaha yükseldi.

- Ulan, biz korkunç yerli film mi çeviriyoruz, erkeksen karşıma çık alçak! diye bağırdım.

- Herhalde elektrik düğmesini arıyordunuz. Kapının sağındadır. Yeni kiracılar elektrik düğmesini bulmak için hep böyle zorluk çekerler.

Ses karanlıktan geliyordu.

- Ben adamı ne yaparım, sen beni biliyor musun? diye bağırdım.

Karanlıkta görmediğim adam,

- Bilmiyorum, dedi. Müsaade ederseniz elektriği açıp size yardım edeyim.

Çıt, diye elektrik düğmesinin sesi duyuldu, oda aydınlandı. Ben yere düşünce masanın altına girmişim, karım da karyolanın altına. Karşımda dimdik, benim iki boyumda bir adam vardı. Ayağa kalksam, herifi korkutamayacağım. Yattığım yerden ne olduğumu anlamaz diye, sesimi kalınlaştırıp,

- Sen kimsin? diye sordum.

- Hırsızım.

- Bana bak, ben yutmam, sen hırsız değilsin. Bizi hırsızım diye korkutup evden uğratacaksın. Baksana sen benim gözüme...

Adam,

- Hırsız mıyım, değil miyim, şimdi görürsün, dedi.

Babasının evi gibi her yanı karıştırıp, işine gelenleri almaya başladı. Hem de bir yandan söylenip duruyordu:

- Demek siz burasını yatak odası yaptınız. Sizden önceki kiracılar, burasını oturma odası yapmışlardı. Daha öncekiler de öyle...

- Bana bak, dedim, sen hırsızlık ediyorsun ama sonra ben seni şikayet ederim.

İşinden başını kaldırmadan,

- Babana kadar git şikayet et, bir de benden selam söyle... dedi.

- Ama ben karakola gidene kadar sen kaçarsın.

- Kaçmam.

- Vallahi kaçarsın. Evde ne var ne yok toplar kaçarsın. Onun için, ben seni bağlayıp, karakola haber vermeye gideceğim.

- İmdaaaat!... diye bir çığlık attı, karım.

Mahalleli de bizim kapının önünde hazır mıymış ne, birden içeri doldular. Komşular hiç aldırış etmeden,

- Aaaa... Bu eve yine hırsız girmiş... diyorlardı.

Bazısı da,

- Bakalım hangisi? diye birbirlerine soruyorlardı.

Bizim komşuların içinde hırsızla tanışanlar, halhatır soranlar bile vardı. Hırsız kılı kıpırdamadan hababam öteyi beriyi kaldırıyor.

- Konu komşu, yardım edin de şu hırsızı bağlayalım. Gidip karakola haber vereceğim, dedim.

İçlerinden biri,

- Vallahi siz bilirsiniz ama, boşuna zahmet ediyorsunuz sanırım, dedi.

Biz ne biçim bir yere taşınmışız, şaşırdım. Karım çamaşır iplerini getirdi. Hırsız da hiç karşı koymadı. Adamı bir güzel bağlayıp, bir odaya koyduk. Üzerinden kapıyı kilitledim. Hemen karakola koştuk. Karım olanı biteni komisere anlattı. Komiser evin yerini sordu, söyledik.

-Haaaa... O ev mi? dedi.

- Evet, o ev, dedim.

- Biz o eve karışamayız, dedi. Bizim bölgemizin dışında.

- Peki, biz ne yapacağız? Zavallı adamı boşu boşuna mı bağladık?

- Bir üst yanınızdaki evde otursaydınız, bizim bölgemize girerdi. O zaman biz karışırdık.

Karım,

- Üst yandaki ev boş değildi, ne yapalım... dedi.

Bizim ev, iki karakolun emniyet bölgelerinin tam sınırındaymış. Komiser,

- Sizin eve dedi "........" karakol bakar, dedi.

Söyledikleri karakol da uzak. Biz oraya gidene kadar sabah oldu. Oradakilere anlattık. Evimizin yerini sordular. Söyledik. Bir polis,

- Haa... O ev mi? dedi.

- Evet o ev, dedim.

- Bir altındaki ev olsaydı, biz bakardık. Sizin ev bizim bölgemizin dışında kalır.

Karım,

- Vah, vah, dedi, adamı da sımsıkı bağlamıştık...

- Bizim ev hangi bölgeye girer? diye sordum.

Polis,

- Sizin ev jandarmanın bölgesine girer. Oraya polis karışmaz. Siz jandarma karakoluna gideceksiniz, dedi.

Yola çıktık. Karım,

- Aman önce eve gidip şu hırsıza bir bakalım, dedi, adam öldü mü kaldı mı?

Öyle ya... İster misin, bir de hırsız, sıkı bağlanmaktan kanı dönmesin de ölsün. Hırsızı tutalım derken, bir de katil olup çıkalım.

Eve gittik. Hırsız bağladığımız gibi duruyordu.

- Nasılsın? dedim.

- İyiyim ama, karnım acıktı, dedi.

Karım hırsıza yemek çıkardı. Tersliğe bakın, evde bamya varmış. Hırsız da bamya yemezmiş. Karım kasaptan biftek aldı, hemen pişirip hırsızın önüne koydu. Biz hırsızı şikayet için jandarma karakoluna gittik. Olanı biteni anlattık. Jandarma komutanı, evin yerini sordu, biz de söyledik.

- Haaa... O ev mi? dedi.

Bizim evi de herkes biliyordu. Jandarma komutanı,

- Sizin eve jandarma karışmaz, polis karışır, dedi.

- Aman efendim, dedim, nasıl olur. Polise gidiyoruz, jandarma karışır, diyor, jandarmaya gidiyoruz, polis karışır, diyor. Bu bizim eve elbet bir karışan görüşen olacak.

Jandarma komutanı bir harita çıkardı.

- Bakın, dedi, siz haritadan anlar mısınız? Bu 140 rakımlı tesviye münhanisi. Burası da su terazisi. Burası da 208 rakımlı tepe. İşte jandarmanın bölgesi buradan geçiyor. Eğer sizin oturduğunuz ev, iki metre daha kuzey batıya yapılsaydı, o zaman jandarmanın bölgesine girerdi.

- Canım iki metre için mi? Bakıverin ne olur?

- Ne mi olur? Onun ne olacağını siz değil, biz biliriz. (Haritadan gösterdi). Bakın sizin ev burada işte. Jandarma ile polis bölgesini ayıran sınırın üstünde. Anladınız mı? Bizim bölgeye evinizin bahçesinden ikibuçuk metre kadar giriyor ama, hırsızlık bahçede olmamış.

Yine polise gitmekten başka yol yoktu.

Karım,

- Aman bir kere eve girip hırsıza bakalım, dedi, Allah korusun bir ölürse, başımız derde girer.

Eve gittik, hırsıza,

- Nasıl? dedim.

- Yanıyorum, çabuk bir su... dedi.

Suyu içtikten sonra:

- Bakın söylüyorum, dedi. Benim hürriyetimi kısıtlıyorsunuz. Buna hakkınız yok. Buradan bir kurtulursam sizi dava ederim.

- Peki, ne yapalım kardeşim, dedim, bizim evin kimin bölgesine girdiği belli değil ki, seni oraya şikayet edelim. Böyle cenabet yere ev yapılır mı canım? Tam sınırın üstüne yapmışlar.

- Eeeee... dedi, ben söylemedim mi? Siz beni salıverin, yoksa hürriyetimi kısıtlamak suçundan sizi mahkemelerde sürüm sürüm süründürürüm.

- Akşama kadar müsaade et, dedim, polise bir kere daha gidelim de...

- Gitmesine git. Ama biz bu işi kaç zamandır biliyoruz. Önce sizin evin hangi bölgeye girdiğine karar verilecek. Yahut bölgelerin sınırları değiştirilecek. O zamana kadar heheey...

Bir daha polise gittik. Bir harita da komiser çıkardı.

- Bakın, dedi, jandarma bölgesinin sınırı burası. Bahçe jandarmada... Evin bir kısmı bizde, bir kısmı jandarmada.

- Yatak odası sizin bölgede kalıyor. Hırsızlık da yatak odasında oldu, dedim.

- Evet ama tesbiti lazım, dedi, hem sonra bu hırsız yatak odasına uçarak girmedi ya, bahçeden girdi. Bahçe jandarmanın... Bu, yeni bir iş değil. Müzakere halinde. Bakalım sizin evi hangi bölgeye verirlerse biz de ona göre işlem yapacağız.

Eve dönüyorduk. Sağımızdaki evin penceresinden yine o ihtiyar seslendi:

- Geçmiş olsun, evinize hırsız girmiş.

- Girdi, dedim.

- O evde hiç bir kiracı oturmaz da onun için o kadar ucuza veriyorlar. Ev sahibi, kendi oturamıyor, kiracı bulamıyor. Evini yıktırıp, iki metre içeri alacaktı. O zaman tam bölgeye giriyor. Sonra sizi bulunca kiraya vermiş.

İhtiyarın karısı,

- Suç sizin değil, ev sahibinin, dedi. Ev yaptırırken suyu, elektriği, havagazını, manzarayı düşünüyorlar da, hangi bölgeye girdiğini hiç hesaplamıyorlar. İnsan hiç böyle sınır üstünde ev yaptırır mı?

Bir yıllık da kirayı peşin verdiğimizden evden çıkamazdık. Eve girdik. Hırsız karşımıza geçti, oturdu. Birlikte akşam yemeğini de yedik. Sonra.

- Bana şimdilik Allaha ısmarladık, gene gelirim, dedi.

Şimdi dört beş hırsız evimizin gediklisi oldu. Mahallede onları herkes tanıyor. Hatta onlarla işbirliği de yaptık. Başka, yabancı hırsızlar da dadanmasın diye elbirliği ile evimizi koruyoruz. Bakalım, ne olacak? Ya konturatımız bitene kadar, evde altı hırsız, iki de biz sekiz kişi oturacağız ya da bizim evi bir bölgeye sokacaklar. O zaman da hırsızları bulabilirsek, bölgemize karışan karakola şikayet edeceğiz. Birbirimize pek de alıştık, şikayet de ayıp olacak ya... Çünkü evin bir takım masraflarını da onlar görüyor.

FİL HAMDİ NASIL YAKALANDI

İstanbul Emniyet Müdürlüğünden, bütün taşra vilayetleri Emniyet Müdürlüklerine şu telgraf çekilmişti:

"Otuz beş yaşında, uzun boylu, iki yüz kilo ağırlığında, kumral, üç dişi eksik, üst çenede bir azı dişi dolgulu, alt sol köpek dişi altın kaplama, çizgili kahverengi elbiseli, saçları oldukça dökülmüş, ablak çehreli, kahverengi gözlü "Fil Hamdi" adında azılı sabıkalı bir dolandırıcı, üç gün üç gece içinde oturdukları nöbet kulübesini büyük dikkatle bekledikleri için uykusuz kalan iki polis memurumuzun, yolda giderlerken uyuklamalarını fırsat bilerek ellerinden kaçmıştır. Yaptığımız tahkikat, takibat ve tetkikat sonunda, Fil Hamdi'nin kaçtığı kesin olarak anlaşılmıştır. Vilayetimiz ve vilayetinizdeki kaza karakollarından birine uğradığı veya bir polis memuruna yol, adres sorduğu takdirde, kendisine lütfen merakla yolunu beklediğimizi, bizi daha fazla intizarda bırakmayarak, münasip, boş bir zamanında İstanbul Emniyet Müdürlüğüne gelerek teslim olmasını rica ettiğimizi söyleyin. Azılı sabıkalı Fil Hamdi'nin fotoğrafı ilişiktir."

* * *

Taşra vilayetlerinden birinin istasyonunda iki polis memuru konuşuyor:

- Ramazan, kardeşim, şu salep içen herif mutlaka Fil Hamdi...
- Hıı... Benziyor... Resmi çıkar bakalım.

Bir resim çıkarır, arkadaşına gösterir.

- O değil be Ramazan. O senin resmin!
- Hıı.. Bayramda çektirmiştim. Nasıl?
- İyi ama, acık gülseydin be!.. Şu Fil Hamdi'nin resmini bul.

Ramazan cebinden bir sürü resim çıkarır, karıştırır.

- Bu benim oğlanın resmi... Bu askerlik hatırası. Bu kimdi Mahmut?
- O mu? Şey olacak... Eroin kaçakçısı Duman Ali...

- Bu da otel faresi Suphi... Resimler birbirine karışmış. Bul şu Fili be Ramazan!

Mahmut'la Ramazan resimleri karıştırırlar, Fil Hamdi'nin resmini ararlar.

- Çabuk ol Mahmut... Herif salebi içti, kaçacak...

- Bak, nasıl bakıyor etrafına?

- Buldum, şu resim olacak. Tamam, ta kendisi!

Şüphelendikleri adamın yanına giderler.

- Hemşerim, şöyle dursana...

Bir resime, bir de adamın yüzüne bakarlar.

- Bir de yan dur bakayım.

- A-ah, benzemiyor be Ramazan.

- Bir kere de komiser bey görsün Mahmut. Belki o benzetir.

- Hemşerim, haydi yürü... Karakola kadar gideceksin.

* * *

Başka bir taşra vilayetinin pazar yerinde iki memur konuşuyor:

- Ayıp oldu be Şükrü kardeşim. Akşama kadar fır dolandık, şu Fil Hamdi'yi yakalayamadık.

- Şu adam olmasın?

- Belki de odur. Soralım.

Adamın yanına giderler.

- Bayım, senin adın ne?

- Mustafa...

Birbirinin kulağına:

- Mustafa diyor.

- Hamdi diyecek değil ya... Adını saklıyor.

- Aklı sıra bizi kandıracak.

- Bayım, biraz gelir misiniz?

* * *

Bir taşra vilayetinin kahvesinde iki memur konuşuyor?

- Dün ben üç tane Fil Hamdi yakaladım, komiser hiçbirini beğenmedi.

- Şu bizim komiser de amma müşkülpesent haaaa...

- Hişşt!... Yavaş konuş, çaktırma. Şu çay içen adama yan gözle bak!

- O be... Ta kendisi!...

- Ama, gelen evrakta şişman diye yazıyordu. Bu zayıf, iskelet gibi herif...

- Zayıflamıştır birader, kaçak gezmek kolay mı?

- Öyle ya... Ama bu esmer. Fil Hamdi kumralmış.

- Dağda bayırda gezmekten rengi atmıştır.

- Haklısın. Yalnız birader bunun sık siyah saçları var. Evrakta Fil Hamdi'nin saçları dökülmüş diye yazıyordu.

- Eh artık o kadarcık da olur. Herif tanınmamak için belki peruka takmıştır.

- Ne duruyoruz? Yakalayalım.

Adama yaklaşırlar.

- Adın ne senin?

- Hamdi...

Birbirlerine manalı manalı bakıp gülerler.

- Yürü bakalım karakola... Haydi!

- Ne var? Ne oldu?

- Fazla sorma! Karakolda öğrenirsin.

* * *

Bir taşra vilayetinin, bütün taşra vilayetlerinde olduğu gibi, bir iki kilometrelik asfaltı üzerinde iki polis yoldan geçen bir adamı yakalarlar.

- Aç ağzını!

- Ağzımda bir şey yok ki benim.

- Madem bir şey yok, açarsın.

Adam ağzını açar. İkisi birden adamın dişlerine bakarlar. Polisin biri öbürüne sorar:

- Baksana şu evraka, kaç dişi yoktu?

Öbürü evrakı okur:

- "Üç dişi eksik, üst çenede bir azı dişi dolgulu, alt sol çenede köpek dişi altın kaplama..."

Polis memuru, adamın dişlerini sayar:

- Bir, iki, üç... Dört... Oynama be! Şaşırttın. Bir, iki, üç, dört, beş... Yirmi dört... Yirmi dört dişi var.

- Yirmi dört mü? Kaç tane eksik? Senin kaç dişin eksik, biliyor musun?

- Sekiz...

- Çektirmiştir. Delilleri ortadan kaldırmak için dişlerini çektirmiştir.

- Benim dişlerim takmadır. Ağzımda hiç kendi dişim yok... Hatta dört tanesi de mısır yerken kırıldı.

- Evrakta takma olup olmadığını yazıyor muydu?

- Yazmıyor. Unutmuşlardır. Bu canım bu... Ta kendisi... Köpek dişine baksana altın kaplama... Bayım, gel bizimle beraber.

- Nereye?

- Karakola!... Yürü...

* * *

Taşra vilayetleri Emniyet Müdürlüklerinden İstanbul Emniyet Müdürlüğüne günde yüzlerce telgraf geliyordu:

"Falan falan tarihli, filan filan sayılı telgrafa cevaptır:

Vilayetimiz dahilinde on dört tane çizgili kahverengi elbiseli, sekiz tane köpek dişi altın kaplamalı olmak üzere on dört Fil Hamdi yakalanmıştır. Bu miktarın isteğe yeter olup olmadığının, araştırmağa devam edip etmeyeceğimizin emir buyurulmasını saygı ile rica ederim."

* * *

"Falan falan tarihli, filan filan sayılı yüksek telgrafınıza cevaptır:

Vilayetimiz dahilinde 180 kilo ile 220 kilo arasında iki düzine Fil Hamdi yakalanmış olup, aradaki kilo farkının, kantarların ayarsızlığından ileri geldiğini, hepsinin de gözlerinin kahverengi olduğuna göre, Fil Hamdi olduklarında en ufak bir şüpheye yer kalmadığını, yakalanan Fil Hamdi'ler sevkedilmiş olup, gözden kaçmış olanlar varsa, onların da büyük dikkatle arandığını ve peyderpey sevk edileceğini saygı ile arzederim."

İstanbul Emniyet Müdürlüğünden, Taşra Emniyet Müdürlüklerine gönderilen telgraf:

"Koyacak bütün yerler dolmuş olduğundan, şimdilik eldeki Fil Hamdiler yeter görülmüştür. İkinci bir emre kadar Fil Hamdi'lerin yakalanmasına ve aranmasına ara verilmesini teşekkürlerimle rica ederim."

NOT: Firar eden Fil Hamdi yakalanmıştır.

YİYİN ALLAŞKINA

Bizim bir yeğenimiz var. Daha doğrusu bizde yegen çok da, işte bu onlardan biri... Hani insanın ısısı termometreyle ölçülür ya, işte bunun gibi insanların açıkgözlüğünün bir ölçeği olsa da açıkgözlük ölçülse, bizim bu yegen dünyada birinciye gelir. Köyün üç sınıflı ilkokulunu bitirdikten sonra bir daha okula mokula gitmeyen yegen, kırk üniversite bitirmişi cebinden çıkarır. Kurban olduğum Allahım bu bizim yegene öyle bir akıl vermiş, hem de sonradan sokma değil, anadan doğma bir akıl...

Türkiye'nin işsizler ordusu ekmek kapısı olaraktan daha Alamanya'yı keşfetmekten çok önceleri, bu bizim yegen Alamanya'ya gitti. On yıl kadar sonra Alamanya'dan döndü ki, öyle bir değişmiş, öyle bir değişmiş, biz bunu tanıyamadık da, halis Alaman sandık. Alamancanın en kibarcasını öğrenmiş ve Türkçesi az bişey bozulmuş. Kimi Türkçe sözleri unutmuş. "Aaaa, nasıl derler?..." diye kekeleye kekeleye konuşuyor. Kendi demesine bakılırsa yegenin o kibar Alamancasını Alamanın ayaktakımından olanlar bile anlayamazlarmış. Alamancasına aşkolsun da, bir de bir huy edinmiş, her sözün başında, ortasında ve sonunda "Ah zooo..." deyip duruyor. Bizim yegen "Ah zooo!"suz konuşamıyor.

Dayanamadım sordum:

- Yegen, ikidebir "Ah zoo, ah zooo..." demektesin. Bu "Ah zoo" ne demeye gelir?

Bu "Ah zooo"nun ne demeye geldiğini Alamanlar da bilmezmiş, çünkü hiçbir şey demeye gelmezmiş. Ama Alamanlar "Ah zooo"suz konuşamazlarmış. Alaman, ah zoo demezse dili kilitlenir, konuşamazmış. Bir insanın halis Alaman olup olmdığı "Ah zoo..." çekip çekmemesinden bilinirmiş. Bizim yegen "Ah zooo"dan başka ikidebir "Yaah yaah... " çekiyor.

Yegen, o ilk gelişinden sonra, iki-üç yılda bir, Türkiye'ye gelir, bizim evde konuk kalır. Alamanya'da yaşayalı yirmibeş yılı geçti. Alamanya'dan her gelişinde, bizim çok kalabalık olan akrabalara türlü armağanlar yağdırdığına bakılırsa çok kazançlı bir iş yapıyor olmalı. Ne iş yaptığını sordum. Alamanya'ya daha yeni gittiği zamanlarda, bir iş bulup çalışması gerekirmiş. Ama sonraları, Türkler işçi olaraktan Alamanya'ya doluşmaya başlayınca artık bir iş bulup çalışması gerekmiyormuş.

- Yani yegen, senin hiçbir işin yok mu orada?

- Ah zooo... Yok gibi bişey işte... Yah!

- Biz burda bunca çalışıp gene zorla yaşıyoruz da, sen orda işsiz nasıl geçinip yaşıyorsun?

- Ah zooo... Alamanya'da çalışan o kadar çok Türk var ki, benim çalışmama hiç gerek kalmıyor. Yaah!...

Anlamadım ya, sözü uzatmak da istemedim.

Benim anlamadığımı görünce,

- Ah zoo, çalışarak para kazanmaya kalksaydım, bu kadar param olur muydu? dedi.

Bak, bu da doğru.

Günün birinde bizim Alamanya'daki yegenden bir mektup aldım. Türkiye'de Almanlarla ortak bir iş kurmak istiyormuş. Çok kazançlı, milyarlık bir işmiş. Bana bir iyilik yapmak istediğinden, beni de bu işe ortak yapacakmış. Soruyordu mektubunda: "Sen de böyle kazançlı bir işe ortak olmak ister misin?"

Yanıtladım mektubunu: "İlkin iş nasıl bir iştir? Sonra benim gibi zor geçinen biri böyle milyarlık işe neyle ortak olacak ki?"

Alamanya'dan geldi yegen. Dediğine göre, çok büyük Alaman işadamlarıyla anlaşmış. O işadamları yakında İstanbul'a gelecekmiş. Onları benimle tanıştıracakmış. Kuracağımız işin nasıl bir iş olduğuna gelince, işadamları için şu iş ya da bu iş önemli değilmiş. İşadamları için para kazanılacak bişey olsun da, n'olursa olsunmuş; nasıl ve nerden kazanılırsa kazanılsınmış. Arada "Ah zoo"lar ve "yah!"ler çekerek anlatıyor bizim yegen. Bunlar öyle yaman işadamlarıymış ki, hayvan fışkısından insan dışkısına dek, karı pazarlamasından tut, aksakallara erkeklik gücü veren macuna, tohumla göl balığı yetiştirmekten turizme, karga etinden yapılma keklik konservesine dek akla gelen gelmeyen sayısız iş yaparlarmış. Bunlar çöl ortasında anadan doğma cıbıl beş kişi görse, o donsuzlardan bile para kazanmanın bir yolunu bulurlarmış. Dünyanın her yerinde de kolları varmış.

Yegenin dedikleri bana azbiraz karışık geldiğinden, sordum:

- İyi dedin de yegen, düz işlere bile ket vuran bu bizim hükümet, bu karışık işlere ne der?

Yegen anlatıyor. Bunların hüneri şuymuş ki, en kötü, en pis işi bile öyle allar pullar, öyle ambalajlar, öyle yaldızlar, öyle pazarlarlarmış, öyle sunarlarmış ki, biz bu hünerleri bilmediğimizden inciyi çakıla ve altını boka dönderirken, bunlar boku altına ve çakılı inciye çevirir, ilkin hükümetin gözünü boyarlarmış. Hüner sunuş biçiminde, ambalajda, reklamda, pazarlamadaymış.

Yegen sözünü şöyle bağlıyor:

- Neden onlarda hiçbişey yokken herbişey var da, bizde herbişey varken hiçbişey yok... Ah zooo... İşte bundan. Yah!

Benim de aklımı yatırdı bu işe. Hem para koymayacağıma göre benim ne zararım olur ki... Şimdi sıra geldi, Alaman işadamlarını burda ağırlamaya.

- Ah zooo... Bu Alamanlara yemekten yana kulak asma.

Alaman mutfağından domuz etiyle patatesi çıkardın mı, geriye tencere tabaktan, çatal bıçaktan başka bişey kalmazmış. İşte bu yüzden bu işadamlarını bizim eve yemeğe çağırmalıymışız. Çünkü işadamları, en önemli, en büyük işleri bile yemekte konuşurlarmış. Buna iş yemeği derlermiş. Bunlara bizim evde bir akşam iş yemeği vermeliymişiz ki, bizim dolmaları, sarmaları, mantıları, börekleri, baklavaları yiyince akılları şaşsın... "Yah!" diye sözünü bağlıyor bizim yegen. Yegenin önerisine anamla karım dünden gönüllü. Çünkü, kendi demelerine göre, ikisi de yemek pişirmede birinciye geliyor. Hem de doğrudur, karım oklavayla bir yufka açar, yufkanın bir yanından baktın mı, tül perdeden bakar gibi, öte yanı görürsün. Bu yufkayla su böreği yapınca, iki kilo su böreği yersin de, ikiyüz gram yedim sanırsın; öyle hafif... Hele baklava ağzında erir, yedin mi yemedin mi anlayamazsın. Anamın safranlı ve tavuk suyuna pilavı üzerine pilav olamaz.

Neyse efendim, ortak olacağımız Alaman işadamlarından telgraf geldi bizim yegene. Uçakla üç kişi geleceklermiş. Başka yerde de işleri olduğundan burda bir gece iki gün kalıp uçacaklarmış gene. Otelde yerlerini de ayırtmışlar. Bize kalıyor, bizim evde bir akşam yemeği vermek. Bu yemek de ençok bir, bilemedin, iki saat sürmeliymiş. Bu zaman içinde biz Alamanlara çekici gelecek işler önerecekmişiz.

- Ne gibi işler yegen?

- Ah zoo... Sen orasını bana bırak. Öyle işler önereceğim ki, akılları duracak. Yah!

Ağzından laf almak için kaçamaklı biçimde ne işler önereceğini sordum. Vay bu bizim yegendeki akıl.. Efendim, bu bizim kentimizde sokak iti çokmuş. Belediye öldürtmekle başedemiyormuş. Alamanlara bir fabrika kurdurtabilirse, toplanacak sokak itlerinin derisinden, kadın eldiveni, manto yakası, kürk, kuyruklarından da kadınlar için kürklü şapka, anahtarlık, süs eşyaları yapılırmış ve sokak itlerinin etleri ve kemikleri de atılmaz, bunlar da kurulacak yem fabrikasında makineden geçirilip kurutulur, kümes hayvanları yemi olurmuş. Sokak kedilerinden de aynı biçimde yararlanılırmış. "Yaah!"

Daha ne öneriler var bizim yegende. Bildiği bir yerde bir kaplıca varmış, o kaplıcanın çamuru ekzamaya, yaraya, deri hastalıklarına birebirmiş. Bu Alamanlara kadınlara güzellik kremi olarak bu çamuru önerecekmiş, bunlar çamurun içine güzel kokular koyup öyle ambalajlarlarmış ki, çamurun gramını bin liradan satarmışız.

Belediyeyle anlaşıp kentin çöplerini bedavadan toplayıp bu çöplerle denizin ortasında özel bir ada kurmak da önerilenin arasında. Bu özel adada kumarhane ve başka haneler gibi kâr getiren turistik işler yapmak... "Yaaah..."

Karımla anam, daha telgrafın geldiği gün kolları sıvadılar. Güzel yemekler pişirmekte birbiriyle yarıştalar. Pişirecekleri yemekleri de aralarında bölüşmüşler. Çorbayı anam, köfteyi karım, mantıyı karım, zeytinyağlı sarmayı karım, böreği anam, baklavayı karım yapacak... Aralarında işbölümü yapmışlar.

Yegen diyor ki:

- Mesariften yana hiç çekinme. Aç kesinin ağzını. Kaz gelecek yerden tavuk esirgenmez, demişler. Yaaah...

Her ne olacaksa, bu biriki saatlik iş yemeği sırasında olacakmış. Bana ortaklık hissesi yüzdebir verilse, gene milyonlar tutarmış.

Bizim kese ne ki, ağzını açsak ne çıkar... Açtık ağzını, boşalttık keseyi. Yetmedi. Borca da girdik. Daha doğrusu borca battık. Bakkalına, kasabına, manavına, sütçüsüne, bütün mahalle esnafına borçlandık. Hiç önemi yok, milyonlar gelecek ya...

Sonunda gün geldi çattı. Yegen, üç Alman işadamını havaalanında karşılamaya gitti. Onları ilkin otele yerleştirecek. Biraz gezdirecek. Akşam da bizim eve iş yemeğine getirecek. Ben evde beklemekteyim. Anamla karım hâlâ mutfaktan çıkamıyorlar. Bunlar deli yahu! Bunca yemek bir bölük askere yeter be! Kendileri yetmezmiş gibi komşu kadınlardan da yardımcılar çağırmışlar. Sanırsın ki, düğün sofraları kurulacak.

Evimiz Alaman işadamlarına göre değilse de gene de kötü sayılmaz. Ne var ki, sofra takımından eksiklerimiz varmış. O eksikleri de konukomşudan toparlayıp tamamladık. Akşam saat yedide gelecekler.

Yediyi beş geçe araba kapının önünde durdu. Ben koşup kapıdan karşıladım konukları. Buyrun, buyrun, buyrun... Yegen, benim dediklerimi onlara çeviriyor. "Ah zoo, sofraya oturalım da hemen iş konuşmasına geçelim..." dedi yegen.

Yemek odasına geçtik. Alamanları sofraya yerleştirdik.

Anam, tabaklara çorbaları dağıtırken yegen iş konuşmasına başlamış bile. Diyormuş ki Alamanlara "Bizim burda daha insan eli değmemiş çok zengin iş kaynakları var, önce dediğim gibi..."

Yegen, sonradan bana dediğine göre, bunları demesine dedi de, anamın ikramından sözünün arkasını getiremedi ki... Benim anam her zaman böyledir. Anam tabaklara kepçe kepçe çorba dolduruyor. Alamanlar elleriyle ve Alamanca olaraktan dilleriyle "Aman yeter" diyorlarsa da, anamın dinlediği yok. Yegenin sözünü ağzına tıkıp başladı bizim Türk usulü ikrama:

- Yeyin yeyin... Afiyet olsun... Buna düğün çorbası derler, bildin mi? Bizim memleketin çorbası dedin mi, yayla çorbası bir, bu iki... Yeyin allaşkına... Di buyrun...

Konuşurken ikidebir yegene dönüp,

- Dediklerimi eksiksiz çevir ki anlasınlar... diye onu uyarıyor.

Zavallı yegen, biriki çevirip sonra anama,

- Teyze, hele az biraz izin ver ki, biz de işten konuşalım... Diyorsa da, anamı susturmak olası değil. Alamanlarla Türkçe konuşmaya da başladı:

- Beğendin, he mi? Dedim sana güzeldir diye... Dur hele, bir kepçe daha koyayım...

Alamanlar iki elleriyle tabaklarını korumaya çalışıyorlarsa da, anam aradan yol bulup çorba dolu kepçeyi tabaklarına boşaltıyor.

Tam bizim yegen sözü alıyor, anam başlıyor:
- Buyrun allaşkına... Yabancı yabancı durmayın öyle... Çekinmeyin, yeyin, yeyin... (Yegene) Söyle de yesinler... Bura yabancı yer değil, kendi eviniz bilin...
Alamanlar gerçekten mi beğendiler, anamın üstlemelerine mi dayanamadılar, her neyse, çorbaları bitirdiler. Anam,
- Az daha isterler mi sor hele... dedi yegene.
O zaman ben,
- Ana, bu yemek ahbaplık yemeği değil, burda iş konuşacağız. Bırak ki işten konuşalım... derken bu kez nöbeti karım aldı. Değiştirdiği tabaklara kendi yaptığı salçalı köfteleri koymaya başladı, çenesi de açıldı:
- Buyrun allasen... Tuzu azsa koyun, aha tuzluk şurda... biberlik de işte... Şurda da kırmızı toz biberle pul biber var... Buna biz basma köfte deriz... Kimyonu azsa koyun... Herhal sizin yemeklere benzemez ama, gayet lezzetli gelir bize... İnsanı besler... Yabancı yabancı durmayın öyle...
Karımın çenesi hiç durmuyor ki, şu iş konusunda iki söz konuşalım. Hay Allah belanı vere karı.. Karım soluk alacak olsa, anam kapıyor lafı:
- Salatadan da buyrun.. Tabağınıza mı koyayım... Burda söğüş domates, burda da çoban salatası... Karışık salata da burda... Yeyin canım, yeyin... Su mu, ayran mı? Sıkma meyva suyu da var...
Alamanlar köfteleri beğenmiş olacaklar ki, tabaklarındakileri silip süpürdüler. Anamla karım hamle edip boş tabaklara yeniden köfte doldurmaya kalktılar. Üç Alman, köfte koydurtmamak için tabaklarının üstüne yatar gibi eğildiler.
- Tabaklarınızı değiştireyim... Vallahi siz bişey yemediniz. Yazık, aç kaldınız... Ekmek buyrun... Şu kâsedekine biz sumak deriz... Serpin serpin yemeğe... İştah açar... Mideye de gayet iyi gelir.
Ben artık Alaman konukları da unutup,
- Sus ulan karı, sus! Sus ki, iki çift sözedelim. Herifler yarın gidiyor... diye bağırdım.
Karım,
- O nasıl şey, konuğa ikram gerekmez mi? Sustum sustum işte.... dediyse de bu kez anam tabaklara karnıyarıkları doldururken aldı sözü:

- O kadarcık olur muymuş... Daha neler... Aman dur, bir karnıyarık daha koyayım... Yooo, vallahi olmaz. Yemezseniz gücenirim. Kırk yılda bir, evimize konuk geldiniz... Yeyin allaşkına.. (Yegene) Söyle dediklerimi de yesinler...

Başa çıkamayacaklarını anlayan Alamanlar, sonunda teslim oldular. Tabakları karnıyarıkla doldu.

- Tabağınıza biraz salata koyayım... Hangisinden?.. Bu turp rendesi, çok şifalıdır... Bu da kırmızı turp... Burası sizin eviniz sayılır. Çekinmeyin...

Yemekten başka hiçbir şey konuşmaya fırsat vermiyorlar.

- Ana, sus ki biraz işten konuşalım. Bu herifler buraya iş konuşmasına geldiler, yemek de bahanesi...

Anamı susturmanın olanağı yok. Soluklanmak için susacak olsa, sözü karım kapıyor. Ama Alamanlar iyice aptallaşmışlar. Avurtları yemekle dolu doluyken kendilerine uzatılan ayranları, meyve sularını içiyorlar.

- İç iç... Bastırır. Bir karnıyarık daha ister misin? Çekinme...

Karım suböreğini ortadaki tepsiden alarak dağıtmaya başladı. Tabakları öyle dolduruyor ki "öksüz doyuran" dediklerinden... Biyandan da anlatıyor:

- Çarşıdan alma değil haa, kendi elimle yaptım.. Çok hafiftir. Bak böyle işte... İnsanın ağzında erir. Hiç dokunmaz... Bir tane daha almazsanız vallahi darılırım... Sizin için özel yaptım...

Alamanlar sanki çok anlarlarmış gibi, suböreğini çok yemenin yöntemini anlatıyor:

- İki lokma suböreği yemeli, üstüne üç yudum ayran içmeli. İşte o zaman bütün gün durmadan suböreği yesen, yedin mi yemedin mi anlamazsın. Ama siz almadınız... Lütfen... Biraz daha... Bakın şu kenarından da koyayım biraz, daha pişkindir.

Bu kez gelin kaynana birbirlerini övmeye başladılar:

- Gelinimin suböreği üstüne suböreği yoktur.

Yegen dayanamayıp,

- Yemekten başka bişey konuşamayacak mıyız yahu? diye bağırdı.

Karım, sanki yegenin sorusuna yanıtmış gibi,

- Daha arkada mantı var... dedi.

Saate baktım, sofraya oturalı birbuçuk saat olmuş. Anamla karımın konuklara yemek ikramından zaman bulup da bizim daha işten mişten konuştuğumuz yok. Yemek lafından fırsat vermiyorlar ki...

- N'olur, biraz da pilakiden alın... A vallahi olmaz, iki kaşık olsun pilakiden yedirmeden bırakmam...

- Aaa, ayol kuş kadar bişey yediniz...

- Dolmadan almayacak mısınız... Buyrun, buyrun... Limon da burda... Yeyin, yeyin allasen...

- Vallahi aç kaldınız... Hiç olmazsa safranlı pilavdan buyrun... İki kaşık daha?

Ne yegen, ne ben, ne de Almanlar ağzımızı açabiliyoruz. Anam biyandan, karım biyandan ikramlar ederek üç Alamanı tıkabasa doyuruyorlar. Evet, tastamam öyle; tıkabasa... Nerdeyse Alamanları sırtüstü yere yatırıp ağızlarına zorla dolmaları tıkacaklar.

- Tabağımızı değiştireyim... Lütfen...

- Vallahi aç kaldınız...

- Ne olur, misafir gibi durmayın öyle...

Ah, bütün eşeklik bende... Yahu ben nasıl bilmem, bizim geleneğimize göre konuk ağırlamanın böyle olduğunu da, bu Alamanları iş konuşması için eve çağırırım. Karıların yemek ikramından bizi sofralarımızda kim ne zaman, ne konuşabilmiş ki, Alamanlar konuşsun...

Ondan al, bundan da buyur, vallahi aç kaldınız, Allahaşkınıza yeyin yeyin, yabancı gibi durmayın, çekinmeyin, bura kendi eviniz, biber ister misiniz, az daha pilav... filan derken, sıra geldi tatlılara. Karım diyor ki Alamanlara:

- Bunun adı sarığıburmadır. İçi cevizli... Tatlıların şahı sayılır. Herkes yapamaz... Buyrun buyrun...

O üç Alamanın en şişman olanı, içi dövülmüş ceviz dolu sarığıburmayı ısırırken boncuk boncuk terler dökmeye başladı. Benim görüşüme kalırsa, Alamanlar yememekte direnirlerse, bizim kadınlar döğe döğe bunlara yedirecekler; iyisi mi yemeyi kazançlı bulmuşlar. Artık bedenlerinde yemek alacak boş yer kalmamış olmalı ki, ağızlarına aldıkları lokmayı yermiş, çiğnermiş gibi yaparak geveliyorlar.

Saate baktım, yemeğe oturalı ikibuçuk saat olmuş. Bundan sonra Alamanlar isteseler de konuşamazlar. Konuşmayı bırak, solundukları ne nimet... Kolan gevşetir gibi, Alamanların biri, deliğini üçüncü kez açıp pantalon kemerini gevşetiyor. Alamanların birinin gözleri kaymış gitmiş, yemeğin ağırlığından uyudu uyuyacak...

Anam hâlâ,

- Elimle yaptım... Baklavadan yemeden dünyada bırakmam... Buyrun, yeyin, yeyin.. deyip duruyor.

- Hey yegen, dedim, bu yemek boşa gitti. Herifler de yarın burdan ayrılıyor. N'eyleyeceğiz şimdi?

Yegen,

- Ah zooo, dedi, bunlar yarın akşam geç saatte uçağa binecekler. Yarın öğle yemeğini bir restoranda birlikte yeriz de, o zaman konuşuruz iş konusunu... Yah!

Yegen böyle derken, o boncuk boncuk ter döken şişman Alamanın başı, oturduğu sandalyede sağa kaykıldı. Suratı da patlıcan morun döndü. Ben,

- Eyvah, Alamanın biri elden gidiyor... derken, anam bir bardak sıkma vişne suyunu,

- İç iç, devadır, iyi gelir... diyerek, herifin kitli dişlerinin arasından ağzına boşaltmıyor mu! Alaman, artık kımıldayamadığından mı, yoksa ağzına dayanan bardaktakini ilaç mı sandığından, yazgısına razı olup o bir bardak vişne suyunu içtiyse de, artık içindc boş yer kalmadığından olacak, bardağın sonuna doğru püskürdü ve püskürmesiyle gök gürler gibi geğirince anam,

- Afiyet, şeker, bal olsun... Bak, yaradı yaradı... dedi.

Karım,

- Kahveleriniz nasıl olsun? diye sorarken Alamanlardan biri kalktı. Yegene bişeyler söyledi. O geğiren suratı morarmış Alaman terlerini siliyor. Üçüncü Alaman vitrinlerdeki mankenler gibi donuk duruyor, sanırsın cansız. Yegenle ben, bu Alamanı kollarından tutup kaldırdıksa da, belli ki adam yediği yemeklerin ağırlığını taşıyamadığından yürüyemiyor. İki yandan kollarına girip yürüttük. Merdivenden inmeleri kolay olmadı. Giderlerken, yegen Alamanlardan sözaldı ki, yarın bir restorandaki öğle yemeğinde iş üzerine konuşalım. Alamanları kapıdan uğurlarken bile anamla karım hâlâ diller döküyor:

- Bunu saymayız... Gene buyrun, yemeğe bekleriz...

- Vallahi aç kaldınız...

- Ne yediniz ki... Hiç...

Yegen, otellerine götürmek için Alamanları bir arabaya bindirdi; kendi de onlarla gitti. Ben de evde açtım ağzımı yumdum gözümü. Anamla karıma demediğimi bırakmadım. Ama onlar yaptıklarının hiç de ayırdında değiller.

Anam,

- N'olmuş ki, diyor, konuk dediniz getirdiniz. Elin garip yabancılarını ağırlamamış olur mu? Sonra bizim için arkamızdan ne demezler...

Karım da,

- Biz töremiz neyse onu yaptık, diyor, oncak uğraşıp didinip yemekler, tatlılar yaptık da, teşekkür edip bir elinize sağlık bile demediniz. Bir de afurtafır edip duruyorsun... Alamanlar kırk yıldabir, Türk evine konuk gelmişler, adamları aç mı gönderseydik.

Buyüzden anamla, karımla küsüştük.

Ertesi gün yegenle öğle yemeği için bir restorana götürmek üzere kaldıkları otele gittiğimizde Alamanları bulamadık. Alamanlardan birini geceyarısından sonra cankurtaran arabasıyla ilkyardım hastanesine zor yetiştirmişler. Birinin de, hastaneye gidecek mecali bile yokmuş da, acil servisten ekip gelip otelde midesini yıkamışlar. Üçüncü Alaman ortalarda yok. Onun nerde ve ne olduğu hiç belli değil.

Yegen,

- Ah zoo, bu iş yattı... Yah! dedi.

Ben de ondan alışmış olacağım, onun gibi,

- Yah! dedim.

Dünya akıllısı yegen de Alamanya'ya dönmüş olmalı ki, o günden sonra onu da göremedim.

Evet, milyonlar kazanacağımız iş yattı ama, biz de hiç olmazsa üç Alamana, Türk geleneğine uygun konukseverliğin nasıl olduğunu gösterdik. Ne olduysa bana oldu. Alamanlara ziyafet için girdiğim borçları altı ayda zor ödedim.

Moskova (Rossia Oteli, 12-549)
8 Mart 1988

DU BAKALI N'OLECAK

Boğaziçi'nin Karadeniz Boğazına yakın Anadolu yakasında, denizkıyısı üstünde bir çayevi... O çayevinin hemen bütün müşterileri, hep o semtin insanları olduklarından ve oraya sıksık geldiklerinden birbirlerini tanırlar. Çoğu da emeklidir. Emekli olunca konuşmaları doğal olarak çoğunlukla geçim sıkıntısı, pahalılık, sürekli zamlar ve benzeri konular üstüne oluyor.

O sabah da yine her zamanki gibi önce ev dertlerinden başlayıp ülkenin sorunlarından konuşmaya geçtiler. Hükümet enflasyonu yüzdeotuzda tutacağına sözvermişti, oysa yüzdeseksenі buldu. Yüzdeseksen, ha? Peki, ne olacak? Alamanya'ya Avustralya'lara işçi gönderdik, yine yetmedi. Şimdi de Sovyetler Birliği'ne işçi gönderilecekmiş. Gitmeye istekli işçiler öyle yığılmışlar ki, sıra kapmak için birbirlerini ezmişler. Allah Allah!... Yahu, komünist Rusya'ya bile işçi gönderecekler ha? Paranın komünisti, faşisti, dini imanı olur mu arkadaş, para paradır, gelsin de nerden gelirse gelsin. Ben komünistin parasını alıp cami yaptırdıktan, kuran kursu açtıktan sonra bir günahı yok ki... Üstelik sevabı bile var.

Peki, bunun sonu nereye varacak birader? Allah sonumuzu hayreylesin!

Efendim, memleketin bütün geliri, aldığımız dış borçların yıllık faizini ödemeye bile yetmiyormuş. Deme yahu... Amerika'dan aldığımız borçlarla, salt eski borçların faizini bile zor ödüyormuşuz. Allah Allah... Bu gidişin sonu nereye varır dostum?

Ayemef diye uluslararası bir kuruluş var ya hani... Evet, işte o uluslararası para fonu mu ne... Uluslararası demek, ne demek? Amerika demek... İşte bizim kendi memleketimizde nereye ne yapacağımıza, neyi nasıl yapacağımıza, fabrikamıza, limanımıza, yolumuza, her şeyimize, herbişeyimize işte o karar verirmiş... Yok yahu... Bak bunu bilmiyordum... Peki, bu böyle giderse ne olur...

Her gün, her akşam hep bu konular konuşulur... Her konuşmada aynı sözlere şaşarlar! Yok yahu!.. Allah allah!..

Çayevindeki emekliler birbirlerine hep yanıtsız kalacak aynı soruyu sorarlar:

- Peki, n'olacak böyle? Bekleyelim görelim. Bakalım, n'olacak?

- Bunun sonu nereye varır böyle? Hep merak ediyoruz. Dur bakalım, n'olacak?

- Bu gidişin sonu nereye varır? Hayırlısı... Dur bakalım, n'olacak?

O sabah da yine hiç bıkıp usanılmadan aynı konular konuşuldu ve çayevindeki herkes birbirine "Dur bakalım, n'olacak?" dedi.

Gün görmüş, dönem geçirmiş, eski Tophane Askeri Sanayi Mektebi'nden yetmişe, yetmişini çok aşkın bir eski işçi emeklisi,

- Dur bakalım, n'olacak deyip duruyorsunuz da, bana bir akrabamızın başına gelenleri anımsattınız... dedi.

Başlar ona yöneldi. Akrabasının başına geleni merakla sordular. Bu ilgiyi bekleyen işçi emeklisi de şöyle anlattı.

Hani hükümetimiz darda kalıp dünya cenneti Boğaziçi'nin en güzel tepelerini, korularını, yerlerini petrol zengini Araplara satıyordu ya... İşte o sıra bir Arap zengini çıktı ortaya, Şeyh mi, prens mi, yoksa hepsi birden mi, öyle bişey... Adı da Ebul-Fatık El-Mışkî. Boğaziçi'nin seyrine doyum olmaz tepelerinden birini bişey yaptıracak. Derken bu Ebul-Fatık, bir Türk kızıyla evlenme sevdasına düşmüş. Hangi Türk kızı olduğu belli değil, yeter ki Türk kızı olsun... Elbet Arap ölçülerinde güzel de olacak.

Ebul-Fatık için satın alacağı tepeyi arayıp bulan komisyoncular, bu kez de ona kız aramaya başlamışlar. Ebul-Fatık'ın kızda aradığı koşullar var: Genç olacak, güzel olacak, kızoğlankız ve eline erkek eli değmemiş olacak ve gayetle saf olacak. Bu zamanda İstanbul'da böyle kız bulmak kolay mı? Ebul-Fatık'da para çook, ille de aradığını bulacak. Aracılar, ısmarlanan kızı araya dursunlar, Ebul-Fatık da biyandan çatpat Türkçe öğreniyorki, evleneceği kızla "Yat, kalk, uzan, dön" falan filan gibi kendisine gerekli olan bikaç söz konuşabilsin.

Ebul-Fatık'a çok kız göstermişler. Arap hinoğluhin, öyle her kızı da beğenmiyor. Süt beyaz tenli, lahmacun bedenli, kalçaları enli bir lokum olacak. Sonunda bulunan kızlardan birini çok beğenmiş Ebul-Fatık. İşte biz Ebul-Fatık'ı bu ilişkiyle tanıdık. Çünkü, Ebul-

Fatık'ın ayılıp bayılarak beğendiği kız, bizim hanımın uzak bir akrabasının kızı... Kız, tam da Ebul-Fatık'ın istediği gibi; onyedi yaşında, kuran kursunda yetişmiş, akça pakça, yandan çarklı kalçalar... Saflığına gelince, aptaldan bir parmak yukarda saf... Ebul-Fatık'ı da bir görseniz, korkudan dudağınız uçuklar. Kızın babasından çok yaşlı. İnsan kılığındaki bu çirkinlik anıtını gören biri öyle şaşmış ki, iki elini gökyüzüne kaldırıp "Hey kurban olduğum Allah, sen nelere kaadir değilsin..." diye şaşkınlığını belirtmiş. üstelik memleketinde üç mü, beş mi -kesin sayısı saptanamadı- karısı olduğundan bu kızı hükümet nikahıyla değil, imam nikahıyla alacak. Her neyse efendim, bu Ebul-Fatık, kızla evlendi.

Saf kız, çok yoksul bir ailenin çocuğu olduğundan, evlenip de o lükse, o görkeme kavuşunca çok mutlu oldu. Kocasının adı "Ebul-Fatık el-Mışkî" uzun olduğundan, kızın ailesi ona kısaca Fatık Bey diyor. Hem de Fatık Bey deyince, Arabın adı azbuçuk Türkçeleşmiş oluyor. Kızın, kendinden altı yaş küçük bir oğlan kardeşi var, kızın tersine cin mi cin... O, Fatık Amca diyemediğinden Fıtık Amca demeye başladı. Fıtık Amca aşağı, Fıtık Amca yukarı...

Biz de hanımla iki kez evlerine gittik. Boğaz'ın tepesindeki o köşk yapılana dek, Nişantaşı'nda lüks bir daire satın almış, daireyi de kızın üstüne yapmış. Biz Fıtık Amcayı orda tanıdık.

Gel zaman, git zaman... Bundan sonra olanları, bana, benim hanım anlattı. O da, Fıtık Amcanın genç karısından duymuş. Çünkü kadın olup bitenleri saf saf her önüne gelene anlatıyormuş.

Fıtık Amcanın güzel ve küçük karısı sokakta hep çarşaflı geziyor. Fıtık Amca çok kıskanç olduğundan, gencecik karısının kadın akrabalarıyla bile sık görüşmesini istemiyor. İyi ama, Fıtık Amcanın evde olmadığı zamanlar kızın canı sıkılıyor. Kıskanç Fıtık Amca, biyandan da karısını eve hapseden koca izlenimi vermek istemiyor çevresine. Karısına güvenen bir koca görünümünde... İşte bu yüzden, kendisinin evde bulunmayacağı iki gün karısına alışveriş için, çok uzaklara gitmemek koşuluyla, sokağa çıkabileceğini söylüyor. Genç kadın buna çok seviniyor, ama sokakta ne yapsın tekbaşına? Sinemaya gidip gidemeyeceğini soruyor. Fıtık Amca uzun uzun düşünüyor. Karar vermek kolay değil. Gitme, dese karısına baskı yapmış sayılacak. Git demeye de içi elvermiyor. Birlikte gitmeleri hiç uygun değil. Sonunda şöyle diyor:

- Avet... Müsaide var... Velakin avvelden ben gorecek, bilahara sen..

Fıtık Amca, o dolaylardaki sinemalarda oynayan bütün filmleri seyredip "Hazret-i Ömer'in Adaleti" adlı yerli flmi uygun bulup karısına o filmi görebileceğini söylüyor. Necmiye... Genç kadının adı. Gidiyor sinemaya... Fıtık Amcanın içi pırpır... Ertesi akşam erkenden eve dönüyor. Oh, çok şükür Necmiye evde...

- Necmiyaa?

- Efendim.

- Ne yaptın ben yokken?

Necmiye yana yakıla anlatmaya girişiyor!

- Ah, sorma...

Nasıl sormasın, meraktan çatlıyor.

- Ne oldu Nacmiya?

- Öyle bişey geldi ki başıma, şaştım şaştım kaldım.

- Ne geldi başında?

Necmiye saf saf anlatıyor!

- Senin söylediğin sinemaya gitmek üzere çarşaflandım.

- Şok güzel.

- Çıktım sokağa.

- Avet?

- Yolda giderken bir herif sokuldu yanıma?

- Bir herif?

- Evet... Ben gidiyorum, o da yanımda gidiyor. Ben gidiyorum, o da gidiyor. Dur bakalım, ne olacak, diye merak ettim.

Fıtık Amca çok bozulur ama, karısına belli etmemeye çalışarak o da çok şaşmış görünür!

- Allah allah... Ban da şok merak ettim. Du bakali n'olecak?

- Ben gidiyorum, o gidiyor... Bööyle yanımda. Dibimden ayrılmıyor. Dur bakalım, n'olacak diyorum içimden...

- Fa suphanellah... Du bakalî n'olecak?

- Bilet alıyorum o senin dediğin sinemaya... Aaa, adam da bilet alıyor. Ben sinemaya girdim, adam da girmez mi?

Bu kez Fıtık Amca atik davranıp karısından önce sordu:

- Ve minelgaraip... Du bakalî n'olecak? Sonra?

- Sonra, ben bir koltuğa oturdum. O da yanımdaki boş koltuğa oturmaz mı?

- Hayret! Du bakalî n'olecak?
- Işıklar söndü, film başladı.
- Eeee? Anlat Nacmiyaa?
- O herif elini bacağıma atmaz mı?
- Ne diyorsun, velacaip...
- Çarşafımın eteğinin altından elini sokmaz mı? Aaa! Şaştım kaldım...
- Ne yapacak?
- Bilmem. Ben de onu merak ediyorum ya... Dur bakalım, n'olacak diye bekliyorum.
- Vallahi ban da berak ettim yahu... Du bakalî n'olecak?
- Sonra o herif oramı buramı karıştırmaya başladı. Doğrusu çok merak ettim. Sen olsan merak etmez misin?

Fıtık Amcanın gözlerinden ateşler saçılıyor ama, karısı o denli saf ki, kızsa, hiç yakışık almayacağı için o da karısına uyup soruyor!

- Nacmiya, du bakalî n'olecak?
- Sonra "Hazret-î Ömer'in adaleti" bitti. Lambalar yandı. Ben kalktım, o da kalkmaz mı?
- O harif da?
- Evet...
- Velacaip ve minelgaraip... Du bakalî n'olecak?
- Çıktım sinemadan, o da çıktı. Ben yürüyorum, o da yanımda yürüyor.
- Aman Nacmiya, vallahi şok marak ettim. Du bakalî n'olecak?
- Ben de merak ediyorum. Ben köşeyi saptım.
- Harif da saptı mıı?
- Saptı.
- Anlat şabuk Nacmiya, şok maraklı.
- Bizim apartımanın kapısından girdim, herif de girdi. Dur bakalım, n'olacak diye merak içindeyim.

Fıtık Amca ter içinde...

- Sonra?
- Bizim kata çıktım, herif de çıktı.
- Vay herif vay!...
- Çantamdan anahtarı çıkarıp bizim dairenin kapısını açtım, girdim içeri, o da girmez mi?

- Harif da yallah içeri...

- Evet...

- Du bakalî n'olecak... Aman anlat şabuk Nacmiya...

- Eve gelince yatak odasına girip elbet soyundum. O da soyunmaz mı?

- Ni diyorsun Nacmiya... Du bakalî n'olecak?

- Soyununca yatağa girdim. Olur şey değil, o da benimle yatağa girmez mi?

Fıtık Amca kızgın demirle dağlanmış gibi haykırır:

- Ayvaaah! Du bakalî n'olecak?

- Ben de yatakta ne olacak diye merak ediyorum.

- Aman Nacmiya, vallahi meraktan şatlayacak ban... Söyle şabuk, ne oldu Nacmiya?

- Hiç canım... Bişey değilmiş, ben de boşu boşuna merak etmişim.

Boncuk boncuk ter döküyordu Fıtık Amca.

- Yok yahu.. Peki, ne oldu Nacmiya? Ne yaptı?

- Aynen senin her gece yaptığını..

Beyninden vurulmuşa dönen Fıtık Amca ne yapsın şimdi? Karısı o denli saf ki, başına kötü bişey geldiğinden bile haberi yok ki... Bağırıp çağırsa olmaz. Döğse olmaz. Kovsa olmaz.

Erkekliğe toz kondurmamak, yiğitliğe krem sürmemek için Fıtık Amca şöyle der:

- Amaaan Nacmiyaa, ban da muhim bişey zannettim. Du bakalî n'olecak, du bakalî n'olecak diye boşuna merak etmişim. Velakin hiç muhim değil.

Olayı anlatan yaşlı işçi emeklisi,

- İşte böyle arkadaşlar, diye sözü bağladı, bütün bu olup biteni kadın saf saf her önüne gelene anlatıyormuş. Bizim hanım da kendisinden dinlemiş.

Titreyen elindeki kahve fincanını masaya koyan bir memur emeklisi,

- Yani, hiç anlayamadım, dedi, sen şimdi bu olayı ne diye anlattın? Kel mana?

İşçi emeklisi,

- Her gün burda laflayıp laflayıp da sonunda "Dur bakalım, n'olacak?", "Dur bakalım n'olacak?" diye merak edip soruyorsunuz ya, dedi, işte sizi meraktan kurtarmak için ne olacağını anlattım.

-Çayevindekilerden bir kahkaha koptu.

İşçi emeklisi ekledi:

- Velakin hiç mühim değil.

Vakıf-12 Mart 1987

KAZAN TÖRENİ

Biri-Buyurun efendim, rica ederim, böyle buyurun! Bizim gazetecilere karşı son derecede şeyimiz vardır. Yaaa...

Başka biri-Tebrik ederim beyefendi.

İkincisi-Teşekkür ederim. Ama anlayamadım, neyi tebrik ediyorsunuz?

Başka biri-Yeni kazanınızı...

- Haaaa... Evet, evet... Kazanı değil mi? Kazansız olmuyor beyefendi... Kazan çok mühim...

- Büfeye buyursanıza... Bir aperatif... Vali Bey de teşrif edecekler. Neredeyse, bir yerden çıkar gelirler.

Üçüncü-Zâtıâlinizle bir yerden tanışıyoruz, ama nereden?

Başka üçüncü? Simanız bana da hiç yabancı gelmiyor. Sizi bir yerden gözüm ısırıyor. Durun bakayım, siz mezbahaya yeni yapılan kapının açılış törenine teşrif etmiş miydiniz?

- Maalesef... Efendim, törenleri aynı güne getiriyorlar, yetişemiyoruz. Bendeniz o gün, cam fabrikasına yeni bir baca ilavesi dolayısıyle yapılan törene gitmiştim.

- Ah beyefendi, ben o törene maalesef gelemedim. Arkadaşlar söylediler, bir Çerkestavuğu varmış, anlata anlata bitiremediler. Efendim, insan her tarafa birden yetişemiyor.

- Durun, durun... Sizi şimdi çıkardım, siz Japonya'dan satın alınan geminin...

- Tamam, geminin davetine gelmiştim. Ben de sizi hatırladım. Hatta o gün hep kremalı turta yiyordunuz da, dikkatimi çekmiştiniz.

- Evet, evet... Pek severim kremalı turtayı. Efendim, daha evvel şeydeki ziyafette biraz fazlaca kaçırdığımdan, o canım etlere el süremedim.

Daha başka biri-Bu koydukları ne kazanıymış?

Daha daha başka biri-Vallahi bilmem... Kazan işte... Çamaşır kazanı değil herhalde...

- Üzerinize afiyet, midemden çok muztaribim. Hazımsızlık başladı...

- Bendeniz de öyleyim beyefendi. Son zamanlarda herkes midesinden şikayetçi. Sari bir hastalık oldu. Ben yanımda karbonat taşıyorum. İsterseniz bir avuç vereyim, yutun.

- Ah, teşekkür ederim. Bundan sonra öyle yapmalı. Ben de yanımda bulundurayım. Öö-Ööööö...

- Yaradı beyefendi... Geğirmek iyidir.

- Öö-Ööööö-Üüüüü... Aman hindi kızartması pek nefis olmuş. Buyursanıza!...

- Teşekkür ederim, ben börekleri tercih ederim.

İçlerinden biri-Bu şişman zat kim?

İçlerinden öbürü-Hangisi? Viski içen mi?

- Hayır öbürü.

- Hani muzu ısırıyor, o mu?

- Öteki...

- Soğuk et yiyor hani?...

- Onun arkasında, elini mayonezli levreğe uzatmış...

- Haaa... Bilmem, hep görürüm ama...

Bir adam-Maksat tören mören değil... Bütün bu ziyafetler filan hep görüşmemize vesile...

Adamın biri-Tabii, ona ne şüphe... Bu ziyafetler de olmasa, görüşemeyeceğiz vallahi... Efendim, eskiden, bendeniz çocukken, peder merhum, bendenizi elimden tutar, her gün bir tekkeye götürürdü. Pazartesileri Üsküdar'a bir Rüfai dergâhına giderdik. Salı günleri Kasımpaşa'daki Nakş-i bendî tekkesine, çarşambaları, Çürüklük'teki Kadirî tekkesine, Perşembeleri, Mevlânakapı'daki Mevlevîhaneye... Her Allahın günü bir tekkeye... Evet, evet... Biz de öyle... Orada lokma ederdik. Gani gani yemekler... Bakır siniler dolar, dolar boşalırdı.

- Maksat yemek değil, muhabbet..

- Elbetteee... Ciğerden almıyorsunuz...

- Bendeniz dolmaya bayılırım da... Güzel de yapmışlar.

- Burası ne fabrikası beyefendi?

- Vallahi iyice bilemiyorum ama, galiba... makinelere filan bakılırsa, bir makine fabrikası olacak.

- Maşallah çok büyük bir fabrika...

- Efendim, ne de olsa medeniyet ilerliyor tabii... Tavsiye ederim, uskumru dolmaları pek güzel...

- Mersi. Buradan çıkınca şeydeki törene gideceğim de..

- O zamana kadar hazmolur beyefendi. Tören mi dediniz? Ben de geleyim bari...

- Aaaaa... Tabii... Buyurun...

- Efendim, insan takip edemiyor, bazı törenleri kaçırıyoruz ne de olsa...

- Maalesef... Geçenlerde gazeteler, Amerika bize atom tesisatı verecekmiş diye yazdı. Sakın burası yeni atom fabrikamız olmasın...

- Şurada kazan mazan diye laf ediyorlar.

- Kazanmalı, kazanmalı beyefendi, çalışıp kazanmak lazım.

Bir insan-Kurdela kesilmeyecek mi?

Başka bir insan-Vali Beyefendiyi bekliyorlar.

- Bu fabrikanın sahibi kim beyefendi?

- Amerikalıların olacak...

- Hiç zannetmem. Amerikalılar böyle ziyafet miyafet vermezler adama... Fabrika bizim olmasına bizim ya, acaba Tekel İdaresi'nin mi, Sular İdaresi'nin mi?

- Amma yaptınız. Fabrikada su yapılır mı? Ne fabrikası burası?

- Kazan fabrikası...

- Öyleyse Tekel'indir. Herhalde rakı kazanları... Şu adamı her törende görürüm.

- Şu baştakiler kim?...

- Davetli mebuslar... Yarın şeydeki açılış törenine gelmiyor musunuz?

- Tabii... Gitmesem ayıp olur. Bademler bayat, farkında mısınız?

Bir kişi-Memleketin kalkınması her şeyden evvel fabrikalara dayanır birader...

İkinci biri- Keşke her gün bir fabrika açılsa... İstakozlar pek güzelmiş...

- Siz istakozu, dünkü törende verilen ziyafette yiyecektiniz. Bu küçük kim? Mahdum mu? Allah bağışlasın.

- Cümleninkini...

- Al oğlum, bak elma mı istersin, portakal mı? Pasta mı? Al yavrum...

- Şişşşt!.. Beyefendi geldi...
- Kim o?
- Bilmem... Fabrikanın sahibi galiba... Yoksa Bakan mı?
- Umum müdür olmasın... Şey... Bendeniz zatiâlinizi bu kadar zamandır tanırım, her törende, her şölende buluşuruz da, sorması ayıp olmasın ama, zatiâlinizin ne iş yaptığını bilmem...
- Bendeniz mi?... Şey... Beyefendi açış nutkuna başlıyor galiba...

....

- Muhterem vatandaşlar!.. Bugün (çatal bıçak sesleri) açılış törenini yaptığımız Tezgâhtarağa Elektrik santralımızın dördüncü kazanının yerine konması münasebetiyle, hepinizi tebrik ederim. Bu kazanı, Amerika'dan hiçbir yardım görmeden, kendi kendimize yerine koyduk. Macar milli takımını 3-1 yenen azmimiz, enerjimiz, heyecanımız burda da kendini göstermiş, kazanın tam ocağın üstüne konulmasında, üç Amerikalı mütehassıs, iki mühendis, dört ustabaşından başka hiçbir yabancı kuvvete lüzum gösterilmeksizin, kazan-ı mezkûr, mahall-i mahsusuna kendi kuvvetlerimiz tarafından vazedilmiştir. Ancak kazan yerine konulduktan sonra, içindeki suyun bitürlü kaynamadığının sebebi araştırılınca, ocağın altı metre kadar kazandan geride kaldığı görülmüştür. Kazan ağır olduğundan, altına ayrı bir ocak yapılmasına teknisyenler lüzum görmüşlerdir. Bu kazan, Yakın Doğu, Orta Doğu ve Balkanların en büyük kazanıdır. Aynı zamanda kalaylıdır ve bakırdır. Kalaylı ve bakır olmakla beraber yalnız iki yerinden deliği olup, bu delikler, hiçbir Amerikan yardımına lüzum görülmeden kendi tarafımızdan üstüpü, eczalı pamuk ve kara sakızla tıkanmıştır. Deliklerden akan sular kazanın altındaki ocağı söndürmeyecek kadar cüz'i bir hale getirilmiştir. Eğer Terkos suları kesilmemiş olsaydı, şimdi gözünüzün önünde tecrübesini yapardık.

Bu kazan, Kabakçı Mustafa isyanında Yeniçerilerin kaldırdığı kazan olup, oradan Sadrazam Kırkayak Halil Paşa'nın konağına götürülmüş ve bu konakta uzun zaman aşure kazanı olarak kullanılmıştır. Sonradan yandan çarklı araba vapurunun kazanı olarak uzun yıllar vazife görmüştür. Kazanın dokuz kulpu vardır. Biz ona yeni bir kulp uydurarak fabrikaya koyduk. Bu kazanın...

Birisi-Birader, bu kazan uzun sürer, ben gidiyorum.
Başka biri-Ben de... Yarın şeydeki törende buluşalım.
- Olur, eyvallah...
- Güle güle...
- Bu kazan...

TAŞLAMALAR

"ATA'M İZİNDEYİZ!"

Atam, hâlâ yaşıyorsak:
Edepsizlik sayesinde!
Altı oku soruyorsan,
Politika dehlizinde!
Hele partin senden sonra,
Devrimlerin tavizinde!
Vasfedeyim halimizi,
Kalemime ver izin de!

Yobazlarla gericiler,
Onlar bizden daha zinde!
"Atam, Atam..." derler ama,
Bir adınız var sizin de...

Halkçılıkla devletçilik:
Anlatamam, çok hazin de...
Çoktanberi sahteciler,
Ağır çeker her vezinde!

Tek umut var, o da yalnız,
Amerikan dövizinde!

***

Sorma Ata'm, halimizi,
Hal mi kaldı anlatacak...
İşte geldik dizindeyiz!
Yata yata çok yorulduk,
Tatil yaptık, izindeyiz!

***

Sanayide henüz daha,
Cafer için lazım diye,
Amerikan bezindeyiz!
Geçeceğiz Avrupa'yı
Ama şimdi izindeyiz!

***

Hocamız var, hacımız var,
Uçan kuşa borcumuz var,
El oğlunun ağzındayız!
Ama bizi zor bulurlar,
Bahar, yaz, kış izindeyiz!

***

Evet, doğru söylemişsin:
"Türk milleti çalışkandır!"
Biz de senin tezindeyiz!
Dinlenmekten yorulduk da,
Onun için izindeyiz!

***

Zinde kuvvet diye söz var,
Kimse bilmez adresini,
Ah zindeyiz, vah zindeyiz!
Bugün değil, bu yıl değil,
Çoktan beri izindeyiz!

***

İlerledik Ata'm öyle,
Şimdi görsen tanımazsın:
Amerikan tarzındayız!
Arasan da bulamazsın,
Otuz yıldır izindeyiz!

EFERÜM OĞLUM EHMET!

Eferüm oğlum Ehmet,
Varlığın halka rahmet!
Sakın hiç çekme zahmet,
Allah versin afiyet!

Eferüm oğlum Ehmet,
Sen bu yolda devam et!

***

Bir tutup bin atmalı,
Kaymağa bal katmalı!
Gık dese muhalefet,
Anasını satmalı.

Eferüm oğlum Ehmet,
Sen bu yolda devam et!

***

Kim derse demokrasi,
Saymalı onu asi,
Kırılmalı kafası
Böyle olur siyasi!

Eferüm oğlum Ehmet,
Sen bu yolda devam et!

***

Her tedbiri almalı,
İktidarda kalmalı,
Her gün başka havadan.
Yem borusu çalmalı.

Eferüm oğlum Ehmet,
Sen bu yolda devam et!

***

Ver hesabı farkiyle,
Çık yüzünün akıyle,
Kendine etme zahmet,
İsbat misbat hakkiyle.

Eferüm oğlum Ehmet,
Sen bu yolda devam et!

***

Baba, oğul, kız, dayı,
Çekiversin cartayı,
Sen sağsın, ben selamet,
Atlatırsak vartayı.

Eferüm oğlum Ehmet,
Sen bu yolda devam et!

ELİMDEN GELEN BUDUR...

Dün beşe aldığın mal, yarın bin beş yüz eder,
Yükselttik memleketi, bunu tarih böyle der.
Kırmadık gönül hatır,
Elden ne geliyorsa onu yaptık birader!
Babamın adı Hıdır,
Elimden gelen budur!

***

Şimdi yanardağ gibi indifa ediyoruz,
Sanmayın vazifeden istifa ediyoruz.
Böyle kalbimiz pır pır,
On yılda yüz milyonla iktifa ediyoruz.

Babamın adı Hıdır,
Elimden gelen budur!

***

Önümüzde harita dolaştık kapı kapı,
Kimseye şeker diye yutturamadık şapı,
Döküldük sapır sapır,
Orta yere gelmedi eğri kaşığın sapı,
Babamın adı Hıdır,
Elimden gelen budur!

***

Uğraştık ticaretle, Eskimo'ya buz sattık.
İktisadı gör bizde, Bahr-ı Lut'a tuz sattık
Altınlar oldu bakır.
Dışardan buğday alıp, dışarıya muz sattık.
Babamın adı Hıdır,
Elimden gelen budur!

***

Naylon sutyen getirttik, kalmadı elde döviz,
Öyle fındık kırdık ki, kalmadı fındık, ceviz.
Bütçe oldu tamtakır,
Bu çürük koltuklarda neler çektik bilseniz,
Babamın adı Hıdır,
Elimden gelen budur!

***

Gayretimizle doldu "Vatan sathı" naylonla,
Kaldı seçmenlerimiz bir gömlekle bir donla!
Oynasın şakır şakır!..
Yükselttik memleketi iktisadi balonla!
Babamın adı Hıdır,
Elimden gelen budur!

***

Yuvarlandığımız yer, iniş mi yoksa dik mi?
Ne kadar numaramız varsa göstermedik mi?
Attıksa birkaç kıtır,
"Susma hürriyeti"ne sanki bir şey dedik mi?
Babamın adı Hıdır,
Elimden gelen budur!

***

Bizdeki planların rastlanmaz benzerine
İstatistik rakamlar konuştu söz yerine,
İşliyor tıkır tıkır,
Solda sıfır olduk da tüy diktik üzerine,
Babamın adı Hıdır,
Elimden gelen budur!

BİR DEĞİL İKİ

Herşeyi biliyor bu herif,
Bilmediği şey yok.
Dinden imandan tut,
Yalancı dolmanın yapılışına dek.

Bilmekle de kalmadı,
Eşşek yerine koyup milleti,
Öğretti herşeyi.
Örneğin nasıl abdest edilir,
Gusül abdesti almak için
Ne halt edilir.

Bir kendisi var herşeyi bilen,
Başka bilen yok sanıyor.
Herkes kendini bir bok sanır.
Ama bu herif,
Kendini iki bok sanıyor.

Çapa-Nöroloji Kliniği
5 Aralık 1983

ZAT-I DEVLETLERİ

Ölümünüzden on yada yirmi yıl,
Hadi diyelim elli yıl sonra,
Kimseler bilmeyecek adınızı sanınızı,
Hatta torunlarınız bile...
Bu yüzden kaygılanmayın hiç,
Size bir iyilik yapmaktır amacım.
Sık sık adınızı andım kitabımda ki,
Sonsuza dek bütün dünya,
Ağız dolusu sövüp sayacak size.
Sevinin, artık ölümsüzleştiniz.
Benden iyilik budur zat-ı devletinize.

Nesin Vakfı - 19 Haziran 1988

BİR ÇOCUĞUN SORUSU

- Baba!
- Evet oğlum.
- Dün gece uyuyamadım hiç...
- Neden oğlum?
- Varsayımlar kurdum,
Düşünüp durdum.
- Düşünmenin yararı var.
Ama değil insanın uykusu kaçacak kadar.
Herşeyin bir kararı olmalı,
Her konuda olmalısın orta karar.
Herşey gibi düşünmenin de,
Azı karar, çoğu zarar!
Filesoflar demişler ki:
"İnsan düşünen hayvan!"
Neydi uykunu kaçıran?

- Din öğretmenimiz demişti ki derste
Müslümanlar ölürse savaşta,
Şehit olurmuş.
Şehitler giderken cennete,
Düşmanları da doğru cehenneme!
- Öyledir elbette!
Yaralanıp da ölmezse gazi,
Ölürse şehit!
- Yani Müslümansa insan,
Ölse de kazançlı, ölmese de...
- Ona ne şüphe!
- Ben de bunu düşündüm dün gece.
Iraklılar da Müslüman, Türkler de...
- Evet oğlum, elhamdülillah...
- Allah allah!..
- Ne var bunda şaşacak?
- Körfez'de savaş oldu ya,
Türkiye'den kalkan uçaklar

Iraklının tepesine indi.
Türk askerleriyle Irak askerleri,
Savaşsalar ne olacaktı?
Hangisi şehit olup
Gidecekti cennete?
Iraklı mı, Türk mü?
İşte bunu düşündüm bütün gece.
- Bu da ne demek?
Hiçbir zaman,
Savaşmaz iki Müslüman.
- Ya Kuveyt'le Irak?
Ya Irak'la İran?
İşte hepsi de Müslüman.
Her iki yandan
Öldü onbinlerce insan...
Hangisi gitti cennete,
Hangisi cehenneme?
- Sus! Tövbe de...
Benim de karıştırdın kafamı.
Düşün dedikse değil o kadar...
Herşeyin bir sınırı var.
Dedim ya, aşırısı zarar...
- Ama merak ediyorum,
Cennete hangisi gidecek?
- Sus ulan eşek oğlu eşek!
O senin cennet dediğin yer,
İnönü stadyumu değil...
Cennet, Allah'ın bahçesi,
Ne başı var, ne sonu.
Alır içine bütün Müslümanları,
Yeter ki şehit olup aksın kanları.
- Baba, ama insan...
- Sus dedim, ulan!..
Başlarım babanın şarap çanağından!
Düşün oğlum dedik de haltettik.
Boşuna mı demiş atalarımız:
"Düşün düşün, boktur işin!"

Cennete kim girecekmiş!
Bırak giren girsin, çıkan çıksın,
İranlısı Turanlısı,
Kuveytlisi Iraklısı...
Yeter ki Müslüman olsun!
- Ama baba...
- Sus dedim, şimdi patlatırım.
Bana akıl ver Allahım...
- Peki, hangisi girecek cennete?
- Sus ulan oğlum, sus!
Sana mı kaldı karışmak,
Yüce Allah'ın işine?

Mülheim (Hotel Friederike-14)
23 Şubat 1991

İÇİNDEKİLER